Alex Xaysena

Le Parcours
d'Orlane & Mélanie

Édition : BoD · Books on Demand,
31 avenue Saint-Rémy, 57600 Forbach,
bod@bod.fr
Impression : Libri Plureos GmbH,
Friedensallee 273, 22763 Hamburg
(Allemagne)
Dépôt légal : Février 2025

Illustrations et carte :
© Alex XAYSENA

ISBN: 978-2-3225-7265-6

TERRES D'ANORDOR

Darvland

Comté de Cérulia

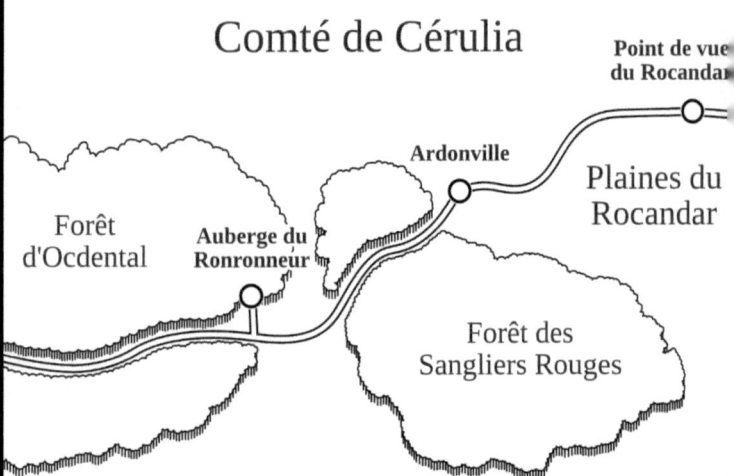

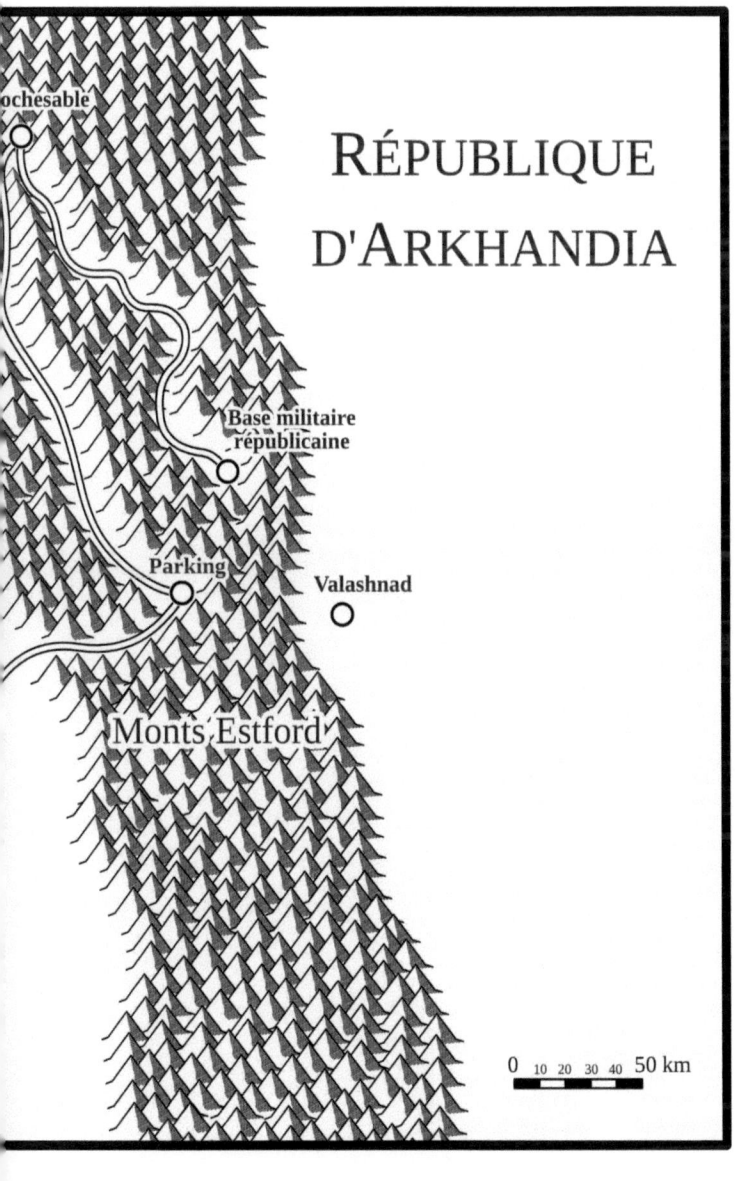

- 1 -
La sportive matinale

Sur la planète Énoria, à l'est des Terres d'Anordor, dans la Forêt d'Ocdental du Comté de Cérulia, une jeune fille humaine fait son jogging matinale à 5h07 du matin. Le soleil vient à peine de se lever. La jeune fille est habillée comme n'importe quelle sportive : un sport top bleu ciel très moulant, un mini short noir très court et très moulant également, des chaussettes blanches, et des chaussures de sports faits pour la course de couleur bleu ciel assortit à son haut. Sur ses hanches est attaché un sac banane, bleu ciel lui aussi, et dans lequel se trouve son téléphone mobile. Le tout provient de la marque Astorga, une des plus grandes marques en matière de sport. Cette jeune fille a des cheveux blonds coiffés carré court et des yeux marrons clairs. Ayant un très beau visage et une très belle silhouette, celle-ci met bel et bien en avant la sportive de haut niveau qu'elle est.

Le chemin qu'elle emprunte pour son jogging commence à grimper. Pour n'importe qui, cela demanderait davantage d'effort pour pouvoir marcher dans cette côte, encore plus pour pouvoir y courir. En revanche, pour la jeune fille, elle fait cela en courant très facilement, son visage n'exprimant aucun signe d'effort physique. En continuant le chemin qu'elle emprunte en courant dans la Forêt d'Ocdental, celui-ci varie. Parfois, il grimpe. Par moment, il descend. Les virages sont plutôt assez nombreux. Un parcours assez difficile pour n'importe quel coureur, sauf pour la jeune blonde qui court ainsi depuis 35 minutes avant d'entamer une côte plutôt impressionnante à grimper. Elle effectue des petits bonds en avant afin d'appréhender celle-ci de la manière la plus optimale tout en gardant son rythme de course. Elle y arrive ! Et cela, sans montrer sur son visage ne serait-ce qu'un moindre signe d'effort physique !

Après avoir grimpé cette côte, le chemin devient plus stable, et plus la jeune blonde avance, plus les arbres se font moins nombreux. Petit à petit, elle ralentit sa course et finit par marcher, non par signe de fatigue, mais pour pouvoir profiter de la vue qu'elle aura à destination de ce chemin. Elle arrive à un point de vue à environ 200 mètres d'altitude vers 5h32. S'arrêtant jusqu'à la barrière en bois, elle admire le paysage, avec le soleil qui éclaire de sa faible lumière.

Une vue sur les plaines des Terres d'Anordor ! Ce qui caractérise ce territoire, c'est la très grande présence de ruines et de vestiges de l'ancien empire ranélthien qui y sont disséminés. En fait, il est même très difficile de les rater lorsqu'on parcourt les Terres d'Anordor en voiture. L'ancien empire ranélthien était une très puissante civilisation humaine qui a pris fin il y a environ trois siècles et demi. S'en est suivie une ère d'obscurité religieuse pendant environ deux siècles et demi, puis ensuite l'arrivée de l'ère numérique actuelle.

La jeune fille sort de son sac banane une petite bouteille d'eau qu'elle boit d'une traite. Jetant cette bouteille en plastique dans une poubelle adaptée pour déchets recyclables, elle reprend immédiatement sa course dans le chemin inverse. Après s'être éloignée du point de vue, elle emprunte un chemin différent pour se diriger vers l'est. Cela l'amène à quitter la Forêt d'Ocdentale, pour courir sur un chemin longeant une plaine dégagée. Sa course s'achève à 6h18 vers une grande maison, avec au-dessus de la principale porte d'entrée une représentation d'un chat orange et blanc en train de dormir, et la mention "Auberge du Ronronneur".

Un court chemin mène à cette porte, avec de chaque côté deux bancs. La jeune fille s'assoit sur l'un d'eux.

– "Orlane !" appelle la voix d'une jeune fille en provenance de la porte.

La jeune fille tourne sa tête vers sa gauche. Elle voit une jeune fille aux cheveux châtains qu'elle connaît très bien.

- 2 -
L'amie androïde

— "Orlane !" appelle de nouveau la jeune fille aux cheveux châtains.

La jeune fille blonde, qui s'appelle Orlane, se lève et prend la jeune fille aux cheveux châtains dans ses bras.

— "Ah ! Salut Mélanie ! Je ne voulais pas te réveiller."

— "Pas de problème, on n'a pas encore commencé à préparer les petits déjeuners pour les clients."

La jeune fille qui s'appelle Mélanie a des cheveux châtains coiffés en couettes basses. Ses yeux sont verts et son air est très joyeux, la rendant ainsi très mignonne. Elle porte un t-shirt rose moulant, une mini-jupe courte plissée blanche, des longues chaussettes hautes blanches moulantes, et des baskets citadines roses de la marque Kanters. Quand on la regarde, elle a l'air d'une jeune fille vraiment très ordinaire comme les autres. Mais elle a une particularité. En effet, sur chacune de ses tempes, on y trouve un implant circulaire blanc, avec à l'intérieur un cercle tracé en vert et lumineux. Cela indique que Mélanie est une androïde.

Sur la planète Énoria, il y a environ 30 ans, l'intelligence artificielle a commencé à se développer. Servant dans énormément de domaines, notamment dans le tri des données afin de pouvoir travailler plus rapidement, celle-ci s'est manifestée également à travers des êtres dit "artificiels". Ainsi, les robots et les androïdes sont nés. Bien sûr, leur arrivée a été vu au départ d'un très mauvais œil, générant une vague de haine inexpliquée de la part des humains. Car oui, de toutes les ascendances, contrairement aux elfes ou même au nains pour ne citer qu'eux, les humains sont quasi naturellement propices à haïr des individus qui seraient différents, même vraiment un tout petit peu, même d'autres humains. Alors imaginez des robots et des androïdes !

Mais dans les Terres d'Arnodor, son actuelle dirigeante Aurala Ordelame, ancienne aventurière demi-elfe, ensuite devenue cheffe d'état, a décidé que les robots et les androïdes sont dorénavant considérés comme étant des êtres à part entière et des citoyens, tout comme les humains, les elfes, les nains, ainsi que d'autres ascendances. Toute vague de haine envers eux (en fait, toute vague de haine tout court), qu'elle soit physique ou verbale, est très sévèrement punie (tout comme la maltraitance animale, auquelle Aurala a mis en place des lois contre cela).

Mélanie se décrit elle-même comme étant une androïde féminine de type Mel-NII modèle 8/20 (prononcez "Mel tiret N2 modèle 8 slash 20") dédiée à la protection, au soutien et à la guérison. Elle précise également qu'elle est née il y a 4 ans (auparavant, elle disait qu'elle a été "mise en service", mais Orlane a insisté pour qu'elle emploie plutôt le verbe "naître"), et il y a 3 ans, un individu l'a amenée à la responsable de l'Auberge du Ronronneur pour qu'elle en prenne soin. Une autre précision est que le type d'androïde qu'est Mélanie n'est pas du tout répandu, et qu'en fait, beaucoup diraient qu'ils n'ont jamais vu d'androïde comme elle (déjà que des androïdes vraiment très "humains" n'étaient pas très courants…).

Pour Orlane et sa famille, Mélanie n'est pas une machine ou un outil. Elle est une véritable membre de sa famille. Pour Orlane, elle est vraiment bien plus. Elle considère Mélanie comme sa véritable meilleure amie, comme sa sœur. Auparavant, Mélanie se présentait elle-même par son type d'androïde ("Je suis une androïde féminine de type Mel-NII modèle 8/20."), mais Orlane lui a trouvé un prénom. Elle lui a proposé "Mélanie", car certains pouvaient prononcer le nom de son type "Melni", ce qui a fini par donner le prénom que la jeune aux cheveux châtains porte actuellement. Et Orlane a insisté auprès de sa meilleure amie de se présenter comme étant "Mélanie", chose qui a fini par arriver.

– "Je vais prendre ma douche et on pourra commencer à travailler." annonce Orlane.

– "Très bien, moi je suis déjà prête." continue Mélanie. "Je me suis déjà douchée."

- 3 -
Colis manquants

Dans la salle de restauration de l'Auberge du Ronronneur, Orlane et Mélanie préparent les tables pour le petit-déjeuner pour les clients. Une femme humaine adulte met en place sur une grande table les aliments et les boissons. Celle-ci a de longs cheveux blonds et des yeux marrons clairs. Très belle, elle a également des formes très généreuses, ce qui n'échappe pas parfois aux clients masculins.

– "On a fini, tante Miranda !" annonce Orlane à cette femme.

– "Parfait, les filles." répond celle-ci. "Vous pouvez vous occuper de la réception des colis ? Ils seront plus nombreux que d'habitude, pour la fête d'Ardonville dans 4 jours."

– "On s'en occupe." lui dit Mélanie.

Miranda est la tante d'Orlane et la responsable de l'Auberge du Ronronneur. Elle et son mari Randall gèrent cette affaire, aidés des jeunes filles lorsqu'elles ne sont pas en cours à l'université. Il n'y a pas d'autres salariés, sauf en cas de travaux plus importants, ou Miranda embauche des intérimaires.

Orlane et Mélanie reçoivent un premier colis. Il s'agit de produits dérivés destinés à l'Auberge du Ronronneur. Pour la fête d'Ardonville, Miranda a décidé d'en avoir un stock plus important. Parmi ces produits dérivés, citons des peluches de chats de toutes sortes, notamment ceux à l'effigie du chat orange et blanc, qui est leur mascotte.

Lorsqu'elle était plus jeune, Miranda faisait partie de la Guilde des Vardènes, une organisation créée par Aurala Ordelame réunissant des talents de toutes sortes que l'on nomme les "Vardènes", et dont l'objectif est la protection des civiles, la recherche de reliques perdues, ou même la neutralisation des menaces telles que des monstres de toutes sortes. Parmi ces Vardènes, très peu d'entre eux ont eu l'occasion de rencontrer, à un moment inattendu lorsqu'ils étaient perdus dans leurs quêtes, un chat orange et blanc aux yeux à moitié fermés, très bavard avec un miaulement assez grave, râlant très souvent. Ce chat les invitait à le suivre pour les aider à retrouver leur chemin, puis disparaissait subitement. Miranda, dans sa jeunesse, a fait partie de ces rares Vardènes chanceux.

Les jeunes filles reçoivent également de la nourriture, les spécialités régionales produits par les artisans du Comté de Cérulia, et même ceux du royaume nain des Monts Esford, notamment leurs bières. Elles ont avec elles une liste des réceptions. Mais quelque chose ne va pas !

Il est maintenant plus de 10h30, et seulement un quart des colis ont été livrés. Elles signalent cela à Miranda. Cela l'inquiète, surtout qu'il n'y a toujours pas les commandes effectuées auprès du Comptoir d'Olric à Ardonville, principal fournisseur de l'auberge. Elle décide alors d'appeler cette entreprise. Malheureusement, elle n'est pas plus avancée car Olric, le nain qui s'occupe de ce comptoir, lui annonce que lui aussi, certaines de ses livraisons n'ont pas été effectuées. Elle appelle d'autres de ses fournisseurs, qui ont eux aussi le même problème.

Cela n'impacte pas le petit déjeuner pour les clients, heureusement. Mais pour les jeunes filles, le travail a finalement été écourté. Bien que Miranda ne soit plus une Vardène, elle a gardé certains contacts avec la Guilde, du moins, l'antenne qui est présente dans le Comté de Cérulia à Ardonville.

– "Pas la peine d'appeler les Vardènes, tante Miranda." lui dit Orlane. "Mélanie et moi, on peut voir ce qu'il en est. On a envie de sortir aujourd'hui vers Ardonville, et de toute façon, il n'y a plus trop de travail, vu ce qu'il en est."

– "Je ne sais pas…" hésite Miranda. "Ça pourrait être dangereux…"

Cette idée ne réjouit pas tellement Miranda, surtout si ces colis manquants ont pour origine quelque chose d'assez grave et trop compliqué pour des civils, et qui serait du ressort des Vardènes. Pourtant, elle sait qu'Orlane est très loin d'être une faible jeune fille. Au contraire, elle est très douée en sport, aux arts martiaux et au maniement des armes blanches. Mais cela n'efface pas l'inquiétude de Miranda, qui aime tellement sa nièce.

– "Ne te fais pas de soucis, tante Miranda." la rassure Mélanie. "Comme d'habitude, je serai près d'Orlane, et je ferai tout pour protéger ma meilleure amie."

Miranda se calme un peu. Les filles se dirigent vers leurs chambres pour préparer leur sortie.

- 4 -
Épée longue et fusil plasma

Orlane et Mélanie se dirigent chacune vers leurs chambres. Chacune d'elles se changent et préparent leurs sacs à dos, dans lesquelles elles rangent le nécessaire (papiers d'identité, provisions…).

La jeune blonde s'habille d'un bandeau tube top bleu vif très moulant couvrant sa poitrine, d'un mini short de la même couleur avec des bords blancs également très moulant, des gants bleus aux bords blancs au niveau des poignets, de longues chaussettes blanches couvrant ses tibias et ses mollets, ainsi que des chaussures de sport bleus vifs. L'ensemble de sa tenue est de la marque Astorga, lui donnant ainsi un look de sportive. Elle prend ensuite son épée longue, son arme de prédilection, qu'elle attache au côté gauche de sa ceinture marron claire. Longue d'1,30 mètres, sa lame d'un gris clair est longue d'1 mètre. Sa fusée est entourée d'un cordage bleu clair pour une meilleure prise en main, le pommeau et les quillons sont teintés d'un bleu foncé, et le fourreau est d'une couleur bleue similaire à celle de la fusée. Finalement, la jeune blonde a une arme à deux mains parfaitement ouvragée.

Depuis ses 7 ans, Orlane pratique le sport de manière très intensive, ainsi que les arts martiaux. Lorsqu'elle avait 9 ans, sa rencontre avec un des clients de l'auberge va la marquer toute sa vie. Il s'agissait de Felipe Livadi, le très fameux maître d'armes itinérant, spécialisé dans l'enseignement de l'épée longue et de ses techniques les plus avancées. Beaucoup de ceux qui le connaisse sacrifieraient énormément pour pouvoir apprendre de ses enseignements. Orlane a été parmi les rares chanceux à faire partie de ses élèves, et dans sa pré-adolescence, elle était quasiment aussi douée qu'un jeune adulte. Felipe Livadi était venu plusieurs fois dans l'auberge, mais très rarement. Mais lorsqu'il était là, Orlane profitait très grandement de son enseignement, et de son côté, la jeune blonde s'appliquait très durement avec beaucoup de discipline à perfectionner son art.

Enfin, elle prend une dague longue de 60 centimètres, avec une lame longue de 45 centimètres. Ayant un aspect triangulaire, ses couleurs sont similaires à celles de son épée longue. Elle attache cette arme à l'arrière de sa ceinture, le côté droit étant occupé par une sacoche marron claire qui y est attachée, et dans laquelle elle a rangé son portefeuille et son smartphone.

Quand à Mélanie, elle s'habille d'un sweat rose foncé moulant à manches longues et à rayures alternant entre le blanc et le rose clair, d'une mini-jupe plissée blanche, des longues socks à rayures roses claires et blanches, et ses baskets citadines roses de la marque Kanters. Par dessus sa mini-jupe, elle met une ceinture rouge claire, avec sur son côté droit une sacoche de la même couleur dans laquelle elle a rangé son portefeuille et son smartphone. L'ensemble lui donne un look très girly, ressemblant à une petite écolière. Enfin, elle prend son arme de prédilection, un fusil tirant des traits d'énergie plasma de couleur vertes claires. Cette arme possède deux modes de tirs : un seul tir d'un trait épais et puissant, ou bien un tir en rafale projetant trois traits fins moins puissants mais se succédant très rapidement. Lorsqu'on examine cette arme, elle a totalement l'aspect d'un jouet, avec sa couleur rose claire et ses formes arrondies, et surtout pas vraiment l'air menaçante.

Il y a 3 ans, lorsque l'individu a amené Mélanie auprès de Miranda, de Randall et d'Orlane, elle avait avec elle cette arme qui faisait partie d'elle-même. Bien que les origines de la jeune androïde soient inconnues (elle-même ne les connaît pas), il n'y a aucun doute qu'elle est dotée de capacités de combat, et que son fusil plasma confirme cela. Toutefois, Mélanie sait ce pourquoi on l'a conçue : pour le soutien, pour la guérison, et pour la protection. Pour ce dernier, cela demande donc des capacités de combat, et le fait qu'elle possède une arme ne choque personne dans la famille d'Orlane.

Une fois les deux jeunes filles prêtes, elles retrouvent Miranda et Randall. Le fait que ces derniers les voient équipées ainsi ne les choquent pas. Après tout, Miranda était une ancienne Vardène et a tout fait pour que les jeunes filles soient capables de se défendre et autorisées à pouvoir le faire comme n'importe quel Vardène.

– "Soyez prudente, les filles." leur dit Miranda. "Je vous aime."

– "Nous aussi, tante Miranda." lui répond Orlane.

Miranda et Randall prennent les jeunes filles dans leurs bras.

– "Nous serons rentrées ce soir, tante Miranda." lui rassure Mélanie.

– "À ce soir, les filles." leur dit Miranda.

Après s'être dit "À bientôt !", les filles sortent de l'auberge.

- 5 -
Une bataille facile

Orlane et Mélanie vont aux garages de l'auberge. Chacune des filles a sa propre voiture, mais elles décident de faire du covoiturage, et prennent finalement celle d'Orlane. Il s'agit d'une voiture tous terrains de couleur bleue et aux formes arrondies, une Eldeon modèle Polypass.

Pour aller vers Ardonville à partir de l'Auberge du Ronronneur, il faut emprunter la route qui traverse la Forêt des Sangliers Rouges. Entre ces deux lieux, il y a 62 kilomètres à parcourir.

Dans sa voiture, Orlane a posé son smartphone sur l'emplacement dédié exprès pour, à droite du tableau de bord. Son appareil étant connecté au net, elle a exécuté l'application Overtube qui lui permettait d'avoir accès à de nombreuses vidéos et musiques. Elle ouvre une liste de lecture en ligne composée de musique pop, la majorité issus de dessins animés et de jeux vidéos actuellement en vogue.

Après avoir parcouru environ 41 kilomètres, toujours au sein de la Forêt des Sangliers Rouges, un choc se fait entendre au-dessus des jeunes filles. Orlane gare alors sa voiture sur le côté de la route. Les deux jeunes filles sortent. Prudentes, chacune prennent leurs armes de prédilection, et observent autour d'elles.

Derrière la voiture d'Orlane, les jeunes filles voient une petite créature affalée par terre. Celle-ci est de petite taille, pas plus haut que 90 centimètres, et a une peau d'une couleur verdâtre, des yeux jaunes et des oreilles pointues. Ses vêtements sont très grossiers, un mélange de vêtements pseudos sportifs démodés, avec dessus une armure de cuir de mauvaise qualité. L'étrange créature se lève et ramasse sa petite épée à lame courbe de qualité douteuse. Puis il se met à faire des cris aigus et inintelligibles, ayant l'air totalement débile.

– "Un gobelin !" s'écrit Mélanie, qui examine attentivement celui-ci. "À mon avis, du clan de la Main Hargneuse."

Le gobelin a sur son armure une représentation d'une main rouge très grossièrement dessinée n'importe comment, comme si cela avait été fait par un enfant de maternelle.

– "Encore ?" s'exclame Orlane. "On en avait affronté il y a 15 jours quand on a traversé cette forêt, pour aller dans le Darvland. Ça n'a d'ailleurs pas été trop difficile…"

– "On dirait qu'ils recommencent à piller. Par contre, niveau discrétion, c'est pas terrible…"

– "En même temps, ce sont des gobelins, faut pas s'attendre à grand chose, et encore moins ceux de la Main Hargneuse."

Des cris de gobelins en provenance du côté de la forêt où s'est garée Orlane se font entendre. Ceux-ci chargent vers les jeunes filles. Il n'y a aucune organisation de leur part, ils se contentent seulement de foncer droit devant. Mélanie pointe son fusil plasma devant elle, le mode tir en rafale activé, tandis qu'Orlane s'avance plus en avant pour se placer derrière un arbre, dans une zone très dense, prête à intercepter les gobelins. Sa position est très stratégique, car là où elle est située, d'un côté ou de l'autre de cet arbre, les gobelins ne peuvent arriver qu'en file indienne.

Un premier gobelin arrive vers Orlane. Cette dernière, en un coup très basique de son épée longue, abat celui-ci. Puis elle enchaîne avec un autre. Et encore un autre, encore et encore. Sa posture très stable avec ses jambes écartées et ses pieds positionnés perpendiculairement, ses gestes courts et précis et surtout pas inutiles, chacune de ses frappes visant juste là où il n'y avait pas de protection… aucun doute, la jeune blonde est une véritable martialiste.

De son côté, la jeune androïde aux cheveux châtains abat également d'autres gobelins de son fusil plasma. Il n'y a pas la moindre hésitation dans ses gestes, et elle n'a pas non plus besoin de trop se concentrer pour pouvoir viser juste. Presque autant de gobelins sont vaincus par ses tirs de plasma que par les lames de la jeune blonde.

Dans cet affrontement, lorsque les jeunes filles battent un gobelin, à aucun moment elles se demandent si celui-ci mourrait de leur coup, car elles sont très concentrées à rester en vie. Même si cet affrontement n'est en aucun cas compliqué pour elles.

Soudain, après avoir perdu 17 d'entre eux (9 de la main d'Orlane, 8 de celle de Mélanie), les gobelins prennent finalement la fuite.

– "Ça n'a pas été trop dur." constate Orlane.

– "En même temps, tu es une épéiste vraiment exceptionnelle." lui fait remarquer Mélanie. "Je n'ai pas vu tellement d'adversaires avec lesquels tu as eu des difficultés."

– "Merci du compliment, mon amie. Toi aussi tu t'en es sortie sans difficulté."

Mélanie rougit légèrement du compliment (oui, c'est possible pour une androïde féminine, du moins pour les types Mel-NII).

– "On devrait peut-être prévenir la Guilde des Vardènes de la présence des gobelins de la Main Hargneuse." soulève la jeune androïde aux cheveux châtains.

– "Bonne idée !" approuve la jeune blonde.

Orlane appelle la Guilde des Vardènes avec son smartphone, tout en indiquant leur position. Au bout d'environ 25 minutes, une voiture de cette organisation arrive en provenance d'Ardonville. Sur ce véhicule est représentée une main droite blanche ouverte, tendue face à ceux qui la regardaient, le tout dans un écu bleu foncé aux bords dorés. C'est l'emblème de la Guilde des Vardènes. Après avoir expliqué la situation aux Vardènes, qui sont équipés de plastrons en polypropylène teintés en blanc, avec dessus cet emblème, et d'armes différentes pour chacun d'eux (c'est ainsi qu'on les identifie), ceux-ci prennent le relais quant aux gobelins. Les jeunes filles montent ensuite dans la voiture d'Orlane et reprennent leur chemin.

- 6 -
La cité d'Ardonville

Orlane et Mélanie arrivent enfin dans la cité d'Ardonville. Tout comme la majorité des communes des Terres d'Anordor, la plupart des bâtiments sont des bâtisses à pans de bois. Ardonville est une petite commune d'environ 9000 habitants, et malgré sa taille, c'est un lieu très dynamique. En effet, les événements sont nombreux (dont bientôt la foire d'Ardonville dans 4 jours), et cette commune est plutôt bien située, à environ 220 kilomètres de la frontière sud-ouest du royaume nain des Monts Estford.

Les filles trouvent une place dans un parking situé en plein centre-ville. Comme la matinée touche à sa fin (il est déjà 12h11), et que la plupart des boutiques sont fermées entre 12h et 14h, elles décident d'aller dans un restaurant pour déjeuner. Leur choix se porte sur le Grill du Soleil, dans lequel sont proposées des plats bistrots, simples et surtout accessibles financièrement. Orlane a choisi une côte de bœuf cuite saignante avec des frites, et pour boisson, une chope de 50 centilitres de bière ambrée de la marque Blés en Bulles. Quant à Mélanie, elle a commandé un fish'n chips avec une chope de 50 centilitres de bières blanche de la même marque (les androïdes féminine de type Mel-NII peuvent consommer des aliments comme les êtres organiques, leur système digestif étant capable de convertir ces aliments en source d'énergie pour leur fonctionnement). Les jeunes filles prennent du bon temps, et sortent du restaurant vers 14h09.

Elles parcourent ensuite la rue principale du centre-ville d'Ardonville. On peut y trouver toutes sortes de boutiques, notamment des produits artisanaux, telles que la boutique de bières de ce bon Albert Vinchop, celle des pâtisseries de la jolie Laurel Rosefriand, ou bien celle de l'alimentation locale de l'elfe Edelwen Chênessur. Il y a également Joueurs Universels, une boutique de jeux (de société, de rôle, de cartes et autres) dans laquelle les filles ont l'habitude d'y aller.

Cette rue débouche sur la place centrale d'Ardonville. Celle-ci se caractérise par sa tour circulaire grise haute de 20 mètres de haut, sur laquelle est placée une horloge. Tout autour de cette tour, on peut y trouver l'office de tourisme et des boutiques, dont le Comptoir d'Olric, la destination de nos deux jeunes filles.

Avant d'y aller, elles profitent de se promener dans cette place centrale un court instant. Même si elles ont l'habitude d'y aller, c'est toujours agréable de marcher autour de cette immense horloge. À l'origine, il s'agissait d'une tour de garde, d'un avant-poste de l'ancien empire ranelthien. Progressivement, des bâtiments s'étaient construits autour de celle-ci, donnant ainsi la commune que tous connaissent actuellement. Par moments, elles aident des touristes à trouver leur chemin.

Le fait qu'Orlane et Mélanie se baladent avec leurs armes sur elles ne choque pas tant que ça. En effet, il est très courant de voir des hommes et des femmes armés, mais souvent, il s'agit soit des miliciens, soit des militaires, ou alors des Vardènes. Dans le cas de nos deux jeunes filles, on les prend plutôt pour ces derniers. Et de toute façon, en cas de contrôle, elles ont sur elles une autorisation de port d'armes (grâce à Miranda et à ses contacts dans la Guilde des Vardènes).

Les jeunes filles entrent finalement dans le Comptoir d'Olric.

- 7 -
Le Comptoir d'Olric

Les jeunes filles sont dans une grande pièce dont les murs sont en pierres blanches claires et bien taillés. Dans ceux-ci sont incrustés des étagères où sont exposés divers produits régionaux, qu'il s'agisse d'aliments ou de boissons tels que des vins et des bières. On y trouve également divers ouvrages sur l'histoire du Comté de Cérulia et des environs, des jouets, des jeux de sociétés et autres produits dérivés.

Un drone de couleur gris foncé est en train de voler dans toute la pièce. Possédant quatre hélices sur son dos, ses deux bras portent des packs de trois bières chacun, ceux de l'artisan Brasseur Fou. Ce drone est en train de ranger différents produits destinés à la vente. Puis il se tourne vers les deux jeunes filles, les regardant de ses deux sphères vertes lumineuses qui lui servent d'yeux.

– "Bonjour, chers clients !" accueille le drone de sa voix électronique, qui est en fait un robot de type AidMIII modèle 44/250 (prononcez "Aide M 3 modèle 44 slash 250"). "Ah ! C'est vous, maîtresse Orlane et maîtresse Mélanie !"

– "Salut Aidy !" lui répond très joyeusement Mélanie, qui a l'habitude de l'appeler ainsi. "Comment tu vas ?"

– "Très bien ! Nous préparons la fête d'Ardonville."

– "Où est Olric ?" demande Orlane, qui n'a vu personne derrière le comptoir au fond.

– "Le maître et son épouse sont dans la réserve au sous-sol. Je vais les appeler."

Aidy vole en direction du comptoir et entre dans une porte située derrière. En attendant, les deux jeunes filles regardent les articles destinés à la vente dans la boutique. Orlane prend une bouteille de bière, la toute nouvelle Festive Ardonvilloise brassée pour la fête d'Ardonville, et regarde attentivement l'étiquette. Une blonde à 4% aux parfums d'agrumes. Quant à Mélanie, elle a dans ses mains une immense peluche représentant un hérisson tout mignon, la mascotte du parc d'attractions Golni Land qui est situé à 97 kilomètres à l'ouest de la Forêt d'Ocdental.

– "Ah ! Bienvenue à vous, les filles !" salue un nain de sa voix assez grave mais également enjouée.

Orlane et Mélanie posent les articles qu'elles avaient en main puis se dirigent vers le nain. Celui-ci est chauve et a une courte barbe brune.

– "Salut Olric !" salue à son tour Orlane. "On est venu pour notre commande faite chez vous, mais apparemment, vous avez eu vous aussi des problèmes de livraison, tout comme nous."

– "Redites-moi ce que vous m'avez commandé ?"

– "Des produits artisanaux du royaume nain des Monts Estford : bières, vins, charcuterie, viandes…" lui décrit Mélanie. "On est passé par toi parce tu as des contacts là-bas, et que tu peux nous avoir des prix."

– "Ah oui ! Ça me revient. Malheureusement, je n'ai rien reçu de ce qui vient des Monts Estford, ni même ce qui vient aux alentours. En fait, les autres boutiques non plus, d'ailleurs. C'est plutôt étrange, car ça fait déjà une semaine et demi que ça dure."

– "Tu n'as aucune idée de ce qui s'est passé ?" demande Orlane. "Un problème sur la route ? Un accident ? Un braquage ?"

– "Malheureusement non." dit une naine blonde qui arrive au comptoir.

– "Madame Griargent !" salue Mélanie à la naine.

– "Comme vous êtes belles, les filles ! Comment-allez vous ?" demande la naine.

– "Très bien, Déborah." répond Orlane à la naine, qui porte ce nom et qui est également l'épouse d'Olric.

– "On a rapporté ce problème à la Guilde des Vardènes." explique Olric. "Mais avec la fête d'Ardonville, la plupart sont mobilisés pour la sécurité et la protection des civils."

– "Pas de problèmes. On peut s'en charger. C'est pour ça qu'on est venu." dit Orlane. "C'est aussi notre souci à l'auberge."

– "Ça ira, pour vous, les filles ?" demande Déborah avec inquiétude. "Je sais que vous êtes des filles fortes, mais on ne sait pas ce qui s'est passé."

– "Ne vous inquiétez pas, madame Griargent." lui rassure Mélanie. "Orlane et moi, on peut gérer en cas de dangers."

Après s'être dit "Au revoir", les jeunes filles quittent le Comptoir d'Olric. Orlane utilise ensuite son smartphone pour appeler sa tante.

– "Tante Miranda ! On a vu Olric et Déborah. On risque de rentrer tard ce soir, on va prendre la route vers les Monts Estford, en espérant trouver ce qui gêne les livraisons."

– "D'accord." lui dit Miranda, dont le ton ne cache pas vraiment son inquiétude. "Tu sais ce qu'il faut faire si le danger est trop grand pour vous deux."

– "Ne t'inquiéte pas, tante Miranda." lui rassure Mélanie. "Nous avons les numéros des membres de la Guilde que tu nous a donnés en cas de besoin."

Après avoir mis fin à la conversation téléphonique, les jeunes filles reprennent la voiture pour se diriger vers les Monts Estford.

- 8 -
Les Plaines du Rocandar

Il est vers 15h53. Cela fait environ 35 minutes que les jeunes filles roulent depuis qu'elles ont quitté le Comptoir d'Olric. La route qui mène vers les Monts Estford est située sur les plaines du Rocandar. Là aussi, les ruines et les vestiges de l'ancienne civilisation ranelthienne sont omniprésentes. Après 25 minutes, elles décident de s'arrêter, car un magnifique point de vue s'offre à elles. Sur celui-ci, il y un bâtiment servant à la fois d'office de tourisme, de boutique et de restaurant. À côté du parking sur lequel les filles se sont garées, il y a le point de vue en question, à environ 240 mètres d'altitude.

Après avoir acheté de quoi grignoter et de quoi boire dans la boutique, elles profitent de cette vue en hauteur. Parmi les ruines et les vestiges de l'ancienne civilisation ranelthienne qu'elles sont en train d'admirer, il y a une concentration de certains d'entre eux à un lieu en particulier. Peut-être s'agissait-il d'une ancienne cité florissante. En fait, l'histoire de cette civilisation est très peu connue de la majorité des individus, car la plus grande partie des sources n'ont pas survécu. Les seuls détenteurs de son histoire aujourd'hui sont les "Arpenteurs", un peuple de forestiers qui sont les héritiers survivants de cet ancien empire.

Les jeunes filles s'assoient ensuite sur un banc face à une table de pique-nique. Mélanie ouvre l'application Overtube sur son smartphone. Parmi les vidéos suggérées, il y a celle affichant une jeune fille blonde à couettes devant les ruines d'un ancien donjon.

– "Orlane !" appelle Mélanie. "Il y a la toute dernière vidéo de Vivanie !"

La jeune fille blonde, assise à la gauche de Mélanie, regarde l'écran du smartphone de la jeune aux cheveux châtains qui active la vidéo.

– "Bonjour à toutes et à tous ! C'est Vivanie Lifiniel, l'Érudite Exploratrice !" se présente la jeune fille blonde à couettes à travers l'écran du smartphone de Mélanie. "Après avoir exploré la Forêt des Écumes Bleues, j'arrive enfin vers les ruines d'une ancienne forteresse des Elfes des Plaines…"

La jeune fille blonde à couettes a l'air très jeune, à peine une adolescente, et est surtout très petite, renforçant ainsi son côté très gamine, avec son visage assez enfantin. Mais des indices apparents sur elle indiquent qu'il s'agit bien d'une jeune fille adulte et majeure. Déjà, sa poitrine et ses hanches sont plutôt bien développées pour une fille de petite taille ayant l'air très jeune, et sa manière de s'exprimer est loin d'être celle d'une enfant. Et un autre indice très visible, ce sont ses oreilles finissant en pointes. Vivanie est une elfe. Étant l'ascendance ayant la plus longue longévité, il est souvent très difficile d'estimer l'âge d'un elf. Elle gère sa propre chaîne de contenus vidéos sur Overtube en lien avec l'Histoire.

Orlane et Mélanie sont justement passionnées d'Histoire. Ce goût vient de Miranda et de Randall qui, depuis l'enfance de la jeune blonde et l'arrivée de la jeune aux cheveux châtains, leur ont inculquées l'importance de s'intéresser au passé afin de mieux comprendre le présent et l'avenir.

– "Ah ! Vous regardez la dernière vidéo de Vivanie !" intervient derrière les jeunes filles un homme qui a l'air d'avoir la trentaine.

Les jeunes filles se retournent. Elles voient un homme aux cheveux bruns courts en pointe vers le ciel et l'arrière, avec un bouc finement taillé, sans moustaches, et des yeux turquoises. Il est habillé d'une tunique verte à capuche (qu'il venait de retirer) et à motifs à losanges colorés, avec un pantalon noir aux mêmes motifs vers les extérmités, et des chaussures de randonnée marrons. Il porte sur son dos un carquois dans lequel des flèches sont rangées. Plutôt bel homme selon Orlane et Mélanie qui venaient de se regarder comme si elles se disaient cela par télépathie, elles comprennent que celui-ci est loin d'être ordinaire. Le fait de s'habiller en vert et à capuche plus le fait d'avoir de quoi tirer à l'arc, sans compter que ses yeux turquoises sont légèrement plus brillants que la normale… Aucun doute, c'est un Arpenteur !

Aux côtés de cet homme, il y a un puma. Loin d'avoir un comportement sauvage comme ses congénères, celui-ci se comporte plutôt comme un chat. Et le fait qu'il miaule beaucoup attire l'attention des individus.

– "Vous suivez aussi la chaîne de Vivanie ?" lui demande Mélanie.

– "Oui, j'adore ses vidéos." lui répond l'Arpenteur. "La petite elfe arrive à être concise quand elle parle d'Histoire, et à nous montrer des images très intéressantes. En plus d'être très mignonne… tout comme vous deux, d'ailleurs…"

Les deux jeunes filles se mettent à rougir.

– "Au fait, je m'appelle Aguelost." se présente le jeune homme. "Aguelost Evandil. Et voici mon ami Erulno."

Le puma se met à miauler de sa voix grave.

– "Je m'appelle Orlane." se présente à son tour la jeune fille blonde. "Orlane Ardonel."

– "Moi c'est Mélanie." dit la jeune fille brune. "Mélanie Palmania. Oh ! Comme il est trop beau !"

Mélanie se met à prendre le puma dans ses bras et à le caresser. Celui-ci se laisse faire et ronronne, tout joyeux. Orlane en fait de même. Les deux jeunes filles adorent les animaux, les chats en particulier, et en ont à l'auberge.

– "Erulno a l'air de vous aimer, on dirait." constate Aguelost, qui s'assoit sur le banc en face des filles derrière la table de pique-nique. "Il n'est pas souvent comme ça."

– "Vous êtes un Arpenteur, c'est bien ça ?" demande Orlane.

– "C'est bien ça."

- 9 -
La mission de l'Arpenteur

Les hommes et les femmes qu'on appelle "Arpenteurs" (ou "Arpenteuses" pour les femmes) sont un peuple de forestiers humains. Préférant vivre dans les environnements naturels, leurs missions est de sauvegarder ceux-ci de tout ce qui pourrait les menacer. Ils louent également leurs services en tant que guides et protecteurs. La particularité est qu'ils sont les derniers héritiers de l'ancienne civilisation ranelthienne, et durant l'ère obscur, ils étaient traités comme des parias, des criminels et des sauvages par la Confession de l'Unique (qui aujourd'hui n'existe plus, fort heureusement au vu des trop nombreuses actions maléfiques de leur part pour des raisons soi-disant bénéfiques, religieuses ou divines). Aujourd'hui, bien que leur mauvaise image ait disparu, la méfiance à leur égard peut parfois subsister malgré tout, car des forestiers préférant la nature à la société, pour beaucoup, ça reste très étrange.

Mais cela ne gêne en rien Orlane et Mélanie, à qui on leur a inculqué de ne pas avoir de préjugés. Les jeunes filles font connaissance avec Aguelost et Erulno, grignotant et buvant ensemble. Une autre particularité des Arpenteurs est bien qu'ils soient humains, en revanche, leur longévité est plus longue (sans toutefois avoir celle d'un nain ou d'un elfe). Il est parfois difficile d'estimer l'âge d'un Arpenteur, et les jeunes filles savent sans aucun doute qu'Aguelost a bien plus que la trentaine, malgré son apparence.

Erulno se joint régulièrement à leurs conversations par ses miaulements grave, car lui aussi a souvent quelque chose à dire. Les jeunes filles trouvent ça trop craquant de converser avec un animal, bien qu'elles soient habituées à le faire car elles discutent très souvent avec leurs chats et les autres animaux à l'auberge.

– "Malgré vos armes que vous avez sur vous, vous n'êtes pas des Vardènes." constate Aguelost.

– "Non, on n'est que de simples aubergistes." explique Orlane. "Nous avons actuellement des problèmes de livraisons vers les Monts Estford, et c'est très embêtant pour nous, surtout avec la fête d'Ardonville qui arrive dans 4 jours."

– "On a donc décidé de prendre la route et d'aller voir le fin fond du problème." ajoute Mélanie. "Surtout qu'on est pas les seules à l'auberge. D'autres subissent aussi ces manques de livraison."

– "Des problèmes d'approvisionnement…" réfléchit Aguelost. "J'en ai entendu parler. Je me demande si ce n'est pas lié à ma mission…"

Cela attire l'attention des jeunes filles.

– "En fait, nous avons récemment eu un vol suite à un affrontement contre les Loups du Silence." continue d'expliquer l'Arpenteur. "Un groupe de mercenaires hobgobelins. L'un d'eux a réussi à nous voler une de nos reliques à l'issue de cette bataille. La Pierre d'Écorce. J'ai suivi leurs traces vers les Monts Estford."

Les hobgobelins sont une variante de l'ascendance gobeline, ayant les mêmes teintes en ce qui concerne leurs variations de couleurs de peaux, ainsi qu'une apparence similaire. La seule différence réside dans le fait que les hobgobelins ont la taille des êtres humains, et qu'ils ont l'air plus robuste. Sans compter que culturellement, les clans de hobgobelins ont pour la majorité d'entre eux des traditions similaires à celles des militaires, quant au côté stricte et discipliné.

– "Et vous pensez que ce sont eux ?" demande Orlane.

– "Vous m'avez décrit un problème qui a l'air de grande ampleur qui touche la majorité des boutiques de la région. Et je sais qu'il n'y a pas eu de graves accidents en ce moment."

– "C'est vrai !" confirme Mélanie. "Je n'ai rien vu dans les réseaux sociaux qui indiquent des accidents empêchant des livraisons."

– "On dirait qu'on a une mission en commun." conclut Aguelost. "Ça vous dit qu'on fasse la route ensemble, les filles ?"

Les jeunes filles commencent à rougir légèrement. En effet, ça pouvait ressembler à une proposition, ou à un rencard. Après tout, beaucoup d'hommes voudraient sortir avec des jeunes filles aussi jolies qu'Orlane et Mélanie. Et ajoutons également le fait qu'elles trouvent Aguelost pas trop mal. Mais elles comprennent également qu'être groupé est plus astucieux. Après tout, l'Arpenteur a parlé des Loups du Silence, une des factions de mercenaires qui agissent dans les Terres d'Arnodor et aux alentours. Ceux-là sont de véritables adversaires si on est amené à les affronter, même pour des Vardènes, des Arpenteurs, ou bien des talents exceptionnels comme nos deux jeunes filles.

– "Ce serait une bonne idée." accepte Orlane. "Après tout, avoir un Arpenteur avec nous, ça ne peut être que du bon."

Orlane et Mélanie n'ont aucun doute qu'Aguelost n'a pas de mauvaises intentions. En effet, elles sont capables de ressentir cela quand des hommes tentent quelque chose de mauvais à leur égard. Des gros lourdingues qui ont essayé de draguer Orlane et Mélanie (souvent avec des manières de très gros lourds qu'eux-même ne se rendent pas du tout compte) ont fini à l'hôpital.

La jeune fille blonde appelle sa tante pour lui raconter ce qu'il en est actuellement, et qu'un Arpenteur les accompagne. Après avoir fini de grignoter, les jeunes filles retrouvent leur voiture, Aguelost et Erulno la leur. Ils quittent le point de vue et prennent la route vers les Monts Estford.

- 10 -
À pied dans les montagnes

Il était 16h49 lorsque les jeunes filles, ainsi que l'Arpenteur et son puma, ont quitté le point de vue. Cela leur a pris environ 45 minutes pour arriver aux pieds de l'immense chaîne de montagnes que composent les Monts Estford. À l'est de celle-ci est située la République d'Arkhandia, une des plus grandes nations d'Énoria en termes de superficie, de population, mais aussi en tant que puissance militaire. Sont également éparpillées sur cette chaîne de montagne les diverses cités naines qui forment ensemble le royaume nain des Monts Estford. D'ailleurs, pour aller vers la République, il faut passer par ce royaume, et même par les airs où les vaisseaux n'y sont pas obligés de s'y poser, un contrôle en distanciel est malgré tout effectué par les nains de ce royaume. En fait, cela est dû au contexte politique de la République actuellement en guerre froide contre l'Empire de Desvinia, afin de préserver la paix dans les Terres d'Anordor, en faisant en sorte que la République n'y amène pas sa guerre (pareillement à l'ouest au-delà des Monts Ouestford où est situé l'Empire, où on ne souhaite pas non plus que ce dernier en fasse de même).

Nos quatre individus entrent plus profondément dans les Monts Estford, là où c'est praticable en voiture. Mais plus ils avancent, plus la route est serrée et sinueuse. Au bout d'un moment, cela risque d'être impossible de continuer en véhicule, et ils l'ont bien compris. Ils finissent par arriver dans un parking servant de point de départ pour des randonnées en montagne.

– "On ferait mieux de s'arrêter, et de continuer à pied." conseille Aguelost.

– "Y'a quelque chose qui me gêne." se demande Orlane. "Si jamais ce sont les mercenaires des Loups du Silence qui ont volé les différentes livraisons que nous attendons, en plus de ta relique, comment ont-ils pu continuer plus loin ? Je veux dire… si on est obligé de continuer à pied, eux aussi. Et avec tout ce qu'ils ont volé, ça fait un peu beaucoup."

– "Orlane a vu juste." approuve Mélanie. "S'ils sont passés par là, ils ont peut-être laissé des traces."

– "C'est vrai, les filles." conclut Aguelost. "Avec une opération de cette envergure, il est très difficile d'être discret, en admettant bien sûr que c'était leur préoccupation première. Je vais tenter de trouver quoi que ce soit. Il doit bien y avoir quelque chose, même après plus d'une semaine passée."

Les jeunes filles voient Aguelost se baisser pour examiner attentivement le sol, puis ensuite tout autour de lui, chaque buisson, chaque tronc d'arbre. Les Arpenteurs sont des experts dans tout ce qui concerne les environnements naturels. Étant de véritables pisteurs, lorsqu'ils sont dans un lieu, ils peuvent deviner ce qui s'est passé jusqu'à il y a trois semaines. Même si les jeunes filles savent cela de ce peuple, en voir un en action impressionne toujours.

– "Oh-oh…" s'exclame Aguelost.

– "Qu'y'a-t-il ?" demande Mélanie.

– "C'est très difficile à voir, même pour un Arpenteur… mais il s'est vraiment passé quelque chose ici. J'ai pu voir divers traces de pas, mais aussi des traces de pneus, ainsi que des grandes empreintes rectangulaires. Certainement les pieds d'un vaisseau, mais au vu de leurs tailles, un immense vaisseau, alors."

– "Wouaouh !" s'étonne Orlane. "Tu arrives vraiment à voir tout ça ?"

– "Ça m'a demandé une très grande force de concentration, bien plus que la normale au point que j'ai un peu mal à la tête… mais oui."

– "C'est un lieu public, ici." continue Orlane. "Ils ont dû agir la nuit. Après tout, il n'y a pas de caméras de surveillance, ici."

– "Et je vois aussi des traces de pas qui continuent plus loin vers ces petits chemins de randonnée." examine Aguelost.

– "Ce n'est pas très logique." constate Mélanie. "S'ils ont un vaisseau, pourquoi certains ont continué à pied ?"

– "Certainement une tactique de diversion." conclut Aguelost.

– "Bon, je pense que le mieux, c'est de continuer à pied." conseille Orlane.

Tous sont d'accord. Ils empruntent un des petits chemins de randonnée. Lequel choisir ? Selon Aguelost, les mercenaires les ont tous empruntés. Et il vaut mieux rester groupé. Les jeunes filles avec l'Arpenteur et le puma décident donc d'en choisir un au hasard et de continuer. Ils en ont conclu que dans tous les cas, ils vont forcément finir par rencontrer les Loups du Silence.

Après environ 35 minutes de marche, Aguelost adopte une attitude étrange.

– "Qu'y'a-t-il, Aguelost ?" demande Orlane.

– "J'ai l'impression… non, en fait, je suis sûr qu'on nous observe…" s'inquiète l'Arpenteur.

À peine qu'il finit sa phrase qu'un tir se manifeste soudainement. Tous ont eu le réflexe de sauter vers derrière un immense rocher pour s'y abriter. Quelqu'un leur tire dessus !

- 11 -
Bataille dans les montagnes

Nos quatre individus sont adossés derrière un immense rocher, car on leur a tiré dessus. Il s'agit d'un tir issu d'un fusil de précision. Sans hésiter, Mélanie prend son fusil plasma, se dévoile légèrement du rocher, et tire en direction de la personne qui les attaque, utilisant le mode tir unique et puissant. Bien que son arme n'est pas un fusil de précision, elle finit par atteindre le tireur adverse, car un cri de douleur s'est fait entendre. L'a-t-elle tué, ou bien seulement blessé ? Elle n'en sait rien, et au vu de la situation, ce n'est certainement pas sa préoccupation première.

– "C'est le moment !" s'exclame Orlane.

Nos quatre individus quittent le gros rocher pour courir plus profondément dans les bois sur les montagnes. Derrière eux, d'autres tirs se manifestent. Au vu du rythme, cette fois-ci, il s'agit de tirs provenant de fusils d'assaut. Sans hésiter, Aguelost dégaine son arc à poulie pour tirer dans leur direction. En un seul tir, un cri se fait entendre. Mélanie active son fusil plasma en mode tir en rafales, puis attaque également.

Orlane et Erulno sont devant. Subitement, diverses ombres tombent des hauteurs pour atterrir juste devant eux. Il s'agit de hobgobelins en armures bleus foncés et métallisés les protégeant entièrement, avec des casques en forme de têtes de loups, et équipés de fusils d'assaut. Ce sont les mercenaires hobgobelins du clan des Loups du Silence ! Instinctivement, le puma bondit à une vitesse incroyable sur l'un d'entre eux, lui mordant très fortement sur son cou, là où son armure ne le protège pas. Hurlant de douleur, l'animal bondit de suite vers un autre hobgobelin pour lui faire la même attaque. Et sur un autre !

Quant à Orlane, elle dégaine très rapidement son épée longue. À une vitesse incroyable, elle passe derrière un hobgobelin et lui assène un puissant coup derrière ses genoux, là où son armure ne le protège pas. Hurlant de douleur, elle réussit à le mettre à terre, et passe à deux autres adversaires. De sa main gauche, elle agrippe la lame de son épée longue et effectue un violent coup de pommeau sur la mâchoire de l'un d'eux, et enchaîne immédiatement en passant derrière l'autre, et lui place sa lame sur son cou. D'un mouvement de rotation vers sa gauche, utilisant sa jambe gauche, elle renverse celui-ci et une fois à terre, de son pied droit, elle le frappe dans les parties génitales. Le pauvre a très mal !

Un autre hobgobelin attaque la jeune blonde avec non pas un fusil d'assaut, mais plutôt avec un espadon (une très longue épée à deux mains, celui-ci atteignant 1,60 mètres de long). Orlane adopte une variante la Posture de la Fenêtre, une de celles enseignée par Felipe Livadi, ses mains au-dessus de sa tête et sa lame plongeant vers son côté droit. S'écartant vers sa gauche avec une parfaite couverture très rapidement, elle frappe le mercenaire sur l'arrière de sa casque, le sonnant très violemment, et enchaîne par un croche-pied droit qui le fait tomber, ajoutant également un coup de coude sur son dos qui le fait brutalement plaquer sur le sol.

Les autres se regroupent autour d'Orlane. D'autres mercenaires arrivent derrière eux.

– "Je vais devoir faire ça…" admet Aguelost.

L'Arpenteur range ses deux daos (des épées à lame courbe et à un seul tranchant) qu'il avait en mains, car il venait de se battre en mêlée. Il ferme ses yeux, ses bras tendus en avant. Prononçant une incantation dans une langue que les filles ne connaissent pas, une aura d'une couleur verdâtre l'entoure. Ouvrant ses yeux qui s'illuminent de cette même couleur, soudain, des lianes végétales sortent du sol et agrippent les mercenaires, les serrant très fortement.

– "Orlane !" hurle Mélanie de frayeur.

Des tirs se dirigent vers la jeune blonde. Celle-ci réussit à esquiver, mais bien qu'elle ne soit pas mortelle, une balle aurait pu l'atteindre sur son épaule droite… si une sorte de champ de force n'était pas subitement apparue ! Orlane vient de voir Mélanie, sa main droite sur sa tempe droite, son bras gauche en sa direction. Elle comprend que son amie androïde vient d'utiliser un pouvoir qui a généré ce champ de force.

Erulno bondit vers le tireur embusqué. Un cri se fait entendre, puis le puma revient vers les filles.

Le combat est achevé !

- 12 -
Les pouvoirs de l'Aether

Les lianes invoquées par Aguelost ont serré si fort les mercenaires que cela les a mis hors d'état de nuire, inconscients. L'Arpenteur observe autour de lui si d'autres mercenaires sont présents. Pour l'instant, ce n'est pas le cas, mais la prudence reste de mise malgré tout.

– "Ne restons pas ici." conseille Aguelost.

Les jeunes filles approuvent, et décident de continuer leur marche. Toutefois, elles et l'Arpenteur décident de garder leurs armes en main, au cas où d'autres hobgobelins des Loups du Silence les prendraient en embuscade. En tout cas, ils sont sûrs d'une chose : ils sont sur la bonne voie. En témoigne le fait qu'on les a attaqué.

Une demi-heure s'est écoulée depuis cette attaque. Bien qu'ils soient sur leurs gardes, ils prennent malgré tout le temps de discuter durant leur marche.

– "C'est la première fois que je vois un Arpenteur en action pour utiliser l'Aether." dit Mélanie à Aguelost. "C'est très impressionnant de voir ça en vrai, toutes ces lianes sortir du sol."

– "Merci beaucoup, Mélanie." lui répond Aguelost. "Nous autres Arpenteurs, nous avons certaines facilités à utiliser l'Aether, grâce à notre affinité avec la nature."

L'Arpenteur examine attentivement la jeune fille aux cheveux châtains.

– "Cela dit…" continue Aguelost. "C'est la première fois que je vois une androïde utiliser l'Aether elle aussi. Je n'ai pas rencontré beaucoup d'androïdes, et encore moins ceux capables de le faire. En fait… je ne crois pas avoir rencontré d'androïdes telles que toi, Mélanie."

– "Je suis une androïde féminine de type Mel-NII, dédiée à la protection, au soutien et à la guérison." lui explique la jeune aux cheveux châtains. "Je suis née avec des capacités qui y sont liées, dont celle d'utiliser l'Aether pour cela. Et… en fait, moi non plus je n'ai jamais vu d'autres androïdes du même type que le mien."

– "Tu ne te sens pas seule ?" lui demande Aguelost.

– "Ne t'inquiète pas." lui répond joyeusement Mélanie. "Après tout, Orlane est avec moi. C'est ma meilleure amie."

Aguelost se met maintenant à examiner la jeune blonde plus attentivement.

– "Tu es vraiment très douée, Orlane." constate l'Arpenteur. "Tu as battu plutôt facilement les Loups du Silence qui te faisaient face. On parle pourtant de mercenaires surentraînés."

– "Merci beaucoup." lui sourit Orlane. "J'ai toujours pratiqué les arts martiaux depuis mon enfance, et j'ai eu l'énorme chance d'apprendre l'épée longue auprès du grand maître Felipe Livadi lui-même."

– "Je me disais bien que ton style martial ne m'était pas inconnu." remarque Aguelost. "Tes attaques sont nettes et précises, et surtout, tu vas à l'essentiel. Une méthode certes pragmatique, mais surtout très efficace. Un des nôtres parmi les Arpenteurs est également un de ses apprentis."

– "Orlane est vraiment très puissante !" ajoute Mélanie. "C'est une très grande sportive aussi, dépassant les meilleurs sportifs de haut niveau, avec une force, une endurance et une rapidité hors du commun."

– "En plus des enseignements de Livadi, tu dois également avoir un entraînement physique très poussé." constate Aguelost. "Ça a certainement développé ta puissance naturelle. Lorsque nous combattions les Loups du Silence, pas une seule fois tu as utilisé l'Aether. La plupart des individus y auraient eu recours pour avoir des capacités physiques similaires aux tiennes."

– "Et pourtant, Orlane en est tout à fait capable." ajoute encore la jeune androïde. "Elle peut utiliser ses pouvoirs pour décupler davantage encore ses capacités physiques qui sont naturellement déjà très élevées."

– "Je n'ai pas vraiment eu le sentiment d'en avoir eu besoin face à ces mercenaires." conclut Orlane.

L'Aether est une puissante forme d'énergie agissant sur la matière et sur l'esprit, prenant la forme de divers pouvoirs que certains peuvent utiliser. Avant l'ère numérique, on appelait ça de la "magie", ou parfois, des "miracles divins", en fonction de la catégorie d'individus qui les utilisaient. Durant l'ère de l'obscurité religieuse, essentiellement dans les Terres d'Anordor, son utilisation était interdite par la Confession de l'Unique, qui chassait et torturait avec tellement de cruauté les personnes capables de l'utiliser, les qualifiant de "sorciers", de "démonistes", ou d'"hérétiques", uniquement bon à être jetés au bûcher. Cela a heureusement pris fin avec l'avènement de l'ère numérique, où l'utilisation de l'Aether a été intellectualisé, facilitant ainsi son apprentissage.

Pour pouvoir apprendre à utiliser les pouvoirs de l'Aether, des pré-requis sont nécessaires. En effet, il faut avoir une très bonne disposition d'esprit pour cela. Une très bonne érudition est nécessaire, car il faut comprendre le fonctionnement des pouvoirs que l'on utilise. De même, avoir de l'humilité, et se rendre compte que tout ce qui nous entoure est plus grand que nous. Et surtout, ne pas rester sur ses acquis, toujours chercher à s'améliorer. En gros, une personne égocentrique qui ne fait que se vanter, le genre de "moi je…" à outrance, qui ne cherche pas à enrichir son savoir, sera totalement incapable d'utiliser l'Aether. Cet apprentissage pouvant être compliqué, au final, tous ne peuvent pas utiliser ses pouvoirs, seulement celles et ceux qui ont ce qu'il faut pour cela, et qui travaillent constamment pour pouvoir y arriver.

Enfin, dernier point sur l'Aether, ceux-ci se manifestent de manières tellement diverses, qu'on a finalement catégorisé les types de pouvoirs. Cela dépend de nombreux facteurs, comme par exemple le type d'enseignement de l'Aether que l'on suit, ou bien la faction auquelle on appartient.

Environ 42 minutes après la bataille contre les Loups du Silence, Aguelost s'arrête brusquement.

– "Qu'y a-t-il ?" demande Orlane, alarmé par le comportement de l'Arpenteur.

Ils ne mettent pas longtemps à comprendre ce qui leur arrive subitement vers eux.

- 13 -
Séparation forcée

Un éboulement arrive brusquement ! Et pas un petit ! Orlane, Mélanie, Aguelost et Erulno font le plus d'efforts possible pour pouvoir éviter les immenses rochers qui leur tomberaient dessus. Face à certains, c'est de justesse ! Une fois cet éboulement achevé, l'environnement dans lequel nos compagnons se trouvent est subitement modifié. Le chemin de randonnée qu'ils empruntaient à l'origine n'est plus.

– "Mélanie !" appelle Orlane en hurlant. "Ça va ? Où es-tu ?"

– "Ici !" répond la jeune aux cheveux châtains en criant.

Sans hésiter, la jeune blonde rejoint son amie androïde.

– "Ouf ! Tu n'as rien !" se réjouit Orlane, qui prend Mélanie dans ses bras.

– "Les filles !" appelle Aguelost. "Vous êtes là ?"

L'Arpenteur use de toutes ses forces pour appeler les jeunes filles du plus haut volume sonore qu'il peut. Quant à Erulno, il se met à miauler très fort de sa voix grave. Orlane et Mélanie réalisent qu'une longue distance les sépare. Sans plus attendre, elles les rejoignent en courant, espérant que l'Arpenteur et son puma n'ont rien.

– "Je suis là !" hurle Aguelost, accompagné d'Erulno qui miaule encore très fort de sa voix grave.

Les jeunes filles arrivent enfin là où ils sont, mais… elles ne les trouvent pas ! Face à elles, il y a d'immenses rochers posés les uns sur les autres, conséquences de cet éboulement.

– "Vous m'entendez, les filles ?" hurle Aguelost de derrière ces rochers.

– "Vous êtes là !" répond Orlane, soulagée. "Vous n'avez rien ?"

– "On va très bien, Erulno et moi."

– "Attendez ! Je vous rejoins !" leur dit Orlane.

Sans plus attendre, Orlane s'active à escalader ces immenses rochers. Il y a environ 20 mètres à grimper, peut-être même plus. La jeune blonde étant une sportive exceptionnelle, elle n'a aucun mal a effectuer cet exploit sportif. Mais malheureusement, cela s'annonce plus difficile que prévu.

– "Orlane !" crie Mélanie. "Attention !"

Certains rochers sont en train de s'effondrer. L'un d'eux chute vers Orlane. Celle-ci a heureusement le réflexe d'esquiver celui-ci en sautant en arrière. Elle réussit à éviter ces rochers… mais du coup, elle se retrouve maintenant là où elle était avant d'escalader.

– "Bon, bah je crois que l'escalade n'est pas vraiment une bonne idée." constate Orlane.

– "Ça n'a pas l'air très naturel, cet éboulement." remarque Mélanie. "D'ailleurs, il n'y en a jamais eu auparavant dans cette partie des Monts Estford."

– "Tu as vu juste." lui répond Aguelost. "C'est tout simplement parce que ça ne l'est pas. Je pense que cet éboulement provient d'une explosion, mais quelque chose d'assez puissant pour modifier l'environnement. C'est dans les moyens des Loups du Silence."

– "On doit quand même avancer." finit par dire Orlane.

– "C'est vrai. Continuons en longeant ces rochers." suggère Aguelost. "Et espérons qu'on se retrouve. Dans le cas contraire, on s'appelle."

– "Okay !" approuve Orlane. "Allons-y !"

Les jeunes filles d'un côté, l'Arpenteur et son puma de l'autre, nos compagnons continuent leur marche. Ils arrivent à communiquer. Mais au bout d'environ 31 minutes, quelque chose va les encombrer. Plus ils communiquent, moins ils s'entendent. Comme si la distance qui les sépare s'étend. Environ 14 minutes plus tard, la communication ne se fait plus, d'un côté ou de l'autre, car aucune réponse ne provient. Cela inquiète les jeunes filles. Orlane décide alors de sortir son smartphone pour appeler Aguelost.

Pas de réseau !

C'est aussi le cas pour Mélanie, qui elle aussi a essayé d'appeler l'Arpenteur.

– "Bon, bah on n'a plus trop le choix, on doit continuer." conclut Orlane. "J'espère qu'on va finir par nous retrouver."

– "Ce sera le cas, je pense même que ce sera Aguelost qui va nous retrouver. Après tout, c'est un Arpenteur, un as du pistage." rassure Mélanie, aussi bien à sa meilleure amie qu'à elle-même.

– "Tu as raison !" lui sourit Orlane. "On n'a pas trop à s'en faire. Continuons !"

Les jeunes filles finissent par arriver face à une caverne très étroite. Pas d'autres chemins s'offrent à elles. Leur seule option reste donc d'y entrer pour pouvoir continuer. À l'intérieur, la traversée est compliquée, mais nos jeunes filles s'en sortent très bien, faisant preuve d'agilité pour pouvoir trouver là où mettre les pieds, et de réflexes pour éviter de se cogner. L'endroit étant plutôt sombre, elles utilisent leurs smartphones en mode lampe torche pour s'éclairer. Et finalement, après environ 17 minutes de progression dans cette caverne étroite, elles finissent par atteindre la sortie.

- 14 -
Un autre pays

Les jeunes filles sortent finalement de cette grotte étroite. Bien que le soleil soit sur le point de se coucher, la lumière du jour reste présente, permettant ainsi de voir le paysage qui s'offre à elles. Et justement, cela va les interpeller. En effet, ce qu'elles voient leur est inconnu. Pourtant, elles ont déjà effectué des marches de randonnée dans les Monts Estford, et elles connaissent plutôt bien la région où elles vivent. Sauf qu'ici, ce n'est pas le cas.

L'élément qui attire leur attention est la ville qu'elles observent en contrebas de la montagne. Plutôt grande, et certainement peuplée, on y trouve de grands immeubles. Mais ce qui caractérise certains d'entre eux, c'est leur architecture particulière. Pour chacun de ces édifices, il s'agit de blocs de structures bâtis les unes sur les autres, donnant ainsi plusieurs niveaux d'altitudes, un empilement de terrasses hautes. Des ziggurats !

Cela effraie nos deux jeunes filles, car elles comprennent subitement où elles sont. Car ces types d'immeubles sont un des éléments de l'identité d'une nation en particulière.

– "La République !" s'écrie Orlane. "Nous sommes sur les territoires de la République !"

– "Oh non !" s'écrie à son tour Mélanie. "On s'est introduites chez eux. D'après ce que j'en sais, ils n'aiment pas les intrusions, et ils n'hésitent pas à emprisonner pour de bon les intrus."

– "On revient en arrière !" suggère Orlane.

Mélanie approuve sans hésiter. Les deux jeunes filles retournent vers la grotte serrée. Malheureusement, par manque de chance, un éboulement de rochers intervient, bouchant ainsi cette ouverture. Est-il provoqué par une explosion, ou bien est-ce naturel ? Nul ne le sait, mais dans tous les cas, elles ne peuvent plus revenir en arrière.

– "Bon, bah on n'a pas trop le choix…" dit Orlane, en essayant de ne montrer ni stress ni frayeur.

– "On ne peut qu'avancer plus profondément dans le territoire de la République…" ajoute Mélanie, qui ressent que cette idée est loin d'en être une bonne, bien que la seule.

Soudain, un bruit de moteur se fait entendre, provenant des cieux et de derrière les jeunes filles. Celles-ci se retournent et voient une immense ombre qui s'approche d'elles très rapidement.

– "Cachons-nous là-bas !" montre Orlane vers un gros rocher situé à environ 600 mètres d'elles.

Sans hésiter, les deux jeunes filles s'y précipitent, usant de toute leur énergie physique pour pouvoir l'atteindre le plus rapidement possible. Une fois à l'abri derrière ce rocher, l'immense ombre passe au-dessus d'elles. Ces dernières voient qu'il s'agit d'un vaisseau volant de très grande taille, de couleur vert foncé, et au vu des canons qui ressortent par devant et sur ses côtés, ainsi que des missiles placés sous ses ailes, il s'agit d'un vaisseau de guerre. Et un vaisseau républicain, au vu du logo présent sur celui-ci, représentant deux feuilles de palmiers verts aux bords dorés. Cet appareil finit par s'éloigner de nos deux jeunes filles.

– "C'était flippant !" ressent Mélanie. "Un immense vaisseau de guerre !"

– "Tu l'as dit !" confirme Orlane, qui a des sentiments similaires. "Et ce qui est encore plus flippant, c'est que vu la taille de ce vaisseau, il doit bien se poser quelque part, peut-être une base militaire… en gros, ne restons pas là."

Les jeunes filles quittent le gros rocher qui leur a servi de couverture, et empruntent ce qui a l'air d'être le seul chemin. Elles espèrent que ça ne les mène pas sur la plaine qu'elles ont vu en contrebas, les menant encore davantage dans les terres républicaines. Après tout, ce sont des étrangères ici, et ajoutons à cela qu'elles sont armées. Une chose est sûre : ainsi, elles pourraient passer pour des éclaireuses d'un autre pays espionnant leur territoire, pourquoi pas même des espionnes impériales.

Dans leur progression, par moment, elles rencontrent plusieurs embranchements possibles. Mais comme elles ne savent pas où chacun d'eux mène, elles se laissent porter au hasard. Et malheureusement, se connecter au net via leurs smartphones ne pourra pas les aider, étant donné que leur abonnement mobile ne couvre que les Terres d'Anordor, mais pas au-delà.

Cette marche est loin d'être tranquille. Soudain, un tir en rafale de fusil d'assaut se dirige vers les jeunes filles !

- 15 -
Les soldats de la République

– "On nous tire dessus !" s'écrie Orlane. "Sauvons-nous !"

Sans hésiter, les deux jeunes filles courent droit devant. Mélanie a pris son fusil plasma et de temps en temps, elle tire derrière elle en mode tir en rafale. Il est très difficile d'être précis lorsqu'on se précipite pour se sauver, mais malgré tout, certains tirs de la jeune androïde réussissent à atteindre leurs cibles, au vu des cris de douleurs derrière elles.

Orlane regarde autour d'elle en même temps qu'elle fuit les tirs adverses avec Mélanie. D'un coup, sur sa droite, elle voit deux militaires en tenues vertes claires, en armures vertes foncées, avec dessus l'emblème de la République, et armés de fusils d'assaut. Très vivement et à une vitesse incroyable que très peu de sportifs de haut niveau peuvent atteindre, la jeune blonde dégaine son épée longue et attaque dans le même geste le soldat face à elle qui est vers sa droite, atteignant ainsi son avant-bras droit, pour de suite enchaîner sur l'autre soldat vers sa gauche, frappant ainsi son bras gauche. Pour finir, elle lui fait un estoc sur sa poitrine droite vers son épaule droite, là où son armure ne le protège pas, et enchaîne sur un puissant coup de pied gauche derrière elle sur le côté droit du genou gauche de l'autre soldat. Le tout de cette action s'est déroulé en moins de 3 secondes !

Pas le temps de crier victoire ! Les jeunes filles doivent être à l'abri, enfin, là où elles peuvent trouver un lieu pour cela. Dans leur course, face à elles, 7 autres soldats leur font face, et tirent sur elles avec leurs fusils d'assaut. En un instant, Mélanie utilise un pouvoir de l'Aether lui permettant de créer un champ de force sphérique sur elle et sur sa meilleure amie, dans le but de bloquer les balles adverses afin de les protéger. Orlane accélère sa course afin d'être en mêlée contre ces soldats et très rapidement, elle réussit à en mettre 4 à terre. Malgré le stress de la situation, chacune de ses frappes de son épée longue reste nette et précise, avec aucun mouvement inutile de son arme ou de ses pas. Quant aux 3 autres, ils sont vite vaincus par les tirs du fusil plasma de Mélanie. Ne se demandant pas si elles les ont blessées ou tuées, les jeunes filles préfèrent plutôt se concentrer sur leur fuite.

– "Ces gamines sont trop fortes !" crie un de ces soldats vaincus dans son smartphone. "Nous avons besoin d'aide ! Appelez l'Escouade Enkidu !"

Après une vingtaine de minutes de course très intense, nos jeunes filles s'arrêtent un instant pour reprendre leur souffle (dans le cas de Mélanie, malgré le fait d'être une androïde, elle aussi a besoin de récupérer, ayant dépensé beaucoup d'énergie).

– "Continuons !" reprend Orlane, après une courte pause de 5 minutes.

Elles s'exécutent en courant. Soudain, quelque chose les frappe très violemment par surprise, les projetant en arrière et les mettant au sol. Les jeunes filles voient un militaire avec un équipement différent. Celui-ci porte une armure blanche le protégeant de A à Z sur une combinaison verte très foncée, avec un casque couvrant et cachant entièrement son visage. Sur cette armure est représenté une tête de taureau vue de profil, avec de chaque côté les feuilles de palmiers de la République. Enfin, ce soldat est équipé d'un canon d'assaut, et c'est avec cette arme qu'il a frappé les deux jeunes filles. Celui-ci pointe d'ailleurs son arme sur Mélanie, qui est à terre. Comprenant ce qu'il s'apprête à faire, Orlane également à terre elle aussi, trouve une pierre et le lance vers le visage du soldat.

– "Mélanie !" hurle Orlane.

Le soldat déstabilisé, la jeune aux cheveux châtains se relève et court vers la jeune blonde, pour l'aider à se relever. À peine qu'elles sont debout qu'une succession de tirs se dirigent sur elles. Malgré leurs hauts réflexes, certaines balles atteignent leurs jambes, ce qui les déstabilise. Un autre soldat, équipé de la même armure blanche, était situé plus haut, tirant sur les deux jeunes filles avec ses deux pistolets automatiques. Sautant de cette hauteur, il s'approche d'elles. L'autre soldat avec son canon d'assaut pointe son arme, et en un instant, Mélanie tire sur lui en mode rafale afin de faire en sorte qu'il ne tire pas. Cela déconcentre son adversaire, et certains traits plasma mettent finalement hors service le canon d'assaut, que ce soldat finit par lâcher.

– "AAAAAAH !" hurle Mélanie de douleur, attirant subitement l'attention d'Orlane.

La jeune blonde voit sur la cuisse gauche de son amie un couteau de combat qui y est planté. Un autre soldat en armure blanche l'a attaquée par surprise sans qu'aucune des deux jeunes filles ne s'en rendent comptent. De la plaie de la jeune androïde, un liquide verdâtre et transparent coulent (c'est son "sang" synthétique).

Le soldat au canon d'assaut assène un violent coup de poing gauche à Orlane, et dégainant un pistolet automatique, il pointe celui-ci vers la jeune blonde.

– "Vous êtes finie !" crache le soldat qui est équipé de ses deux pistolets automatiques, pendant qu'un quatrième soldat en armure blanche et équipé d'un fusil d'assaut arrive sur la scène. "Lâchez vos armes !"

- 16 -
L'Escouade Enkidu

– "Je ne le répéterai pas ! Lâchez vos armes !" ordonne le soldat en armure blanche avec ses deux pistolets automatiques aux jeunes filles, et qui a également l'air d'être le chef de ces quatres individus.

Tous les soldats pointent leurs armes vers elles. N'ayant pas d'autres options, celles-ci s'exécutent.

– "Bien !" dit le chef. "On m'a rapporté que des gamines très puissantes attaquent nos troupes. J'ai eu du mal à le croire, jusqu'à ce que je vous vois. Qui êtes-vous ? Des sentinelles impériales ?"

Les soldats retirent leurs casques. Révélant leurs visages, ils avaient des coupes de cheveux rasés de très près, comme le sont la très grande majorité des militaires. Et surtout, ils ont au-dessus de leurs oreilles et derrière leurs tempes une rangée de cornes pointées vers l'arrière. Des drakoniens !

Les drakoniens sont une ascendance physiquement très proche des êtres humains, si ce n'est leurs cornes qui rappellent leurs affiliations génétiques liées aux dragons. Leur histoire est très liée celle des terres d'Arkhandia, très riches en événements, et aboutissant ainsi à la République telle que nous la connaissons aujourd'hui. De ce fait, lorsqu'on pense aux drakoniens, on pense à la République, même s'il en existe ailleurs, bien que peu nombreux.

– "Chef ! Regardez ! On a une androïde !" dit le soldat au canon d'assaut, qui est en train de pointer son pistolet automatique sur elle. "Je n'ai jamais vu une androïde de ce type. Y'en a qui voudront l'examiner, à notre base."

– "Moi, je voudrais bien l'examiner moi-même…" dit un autre soldat avec un sourire pervers, s'approchant de Mélanie et commençant à mettre son bras gauche autour de sa taille. "... j'ai toujours rêvé d'avoir une jolie poupée grandeur nature rien qu'à moi…"

– "La petite blonde est plutôt dans mon genre…" dit le chef avec le même genre de sourire, et qui est en train de s'approcher d'Orlane, ses mains sur les hanches de la jeune fille.

– "C'est clair ! Je veux bien m'amuser avec cette jolie blondasse trop bonne…" dit un autre soldat avec ce même sourire pervers, juste derrière elle, ses mains sur ses côtes.

Le regard d'Orlane se fait très mauvais envers ces hommes. Déjà, parce que ce n'est pas dur de comprendre leurs intentions envers elles. Et puis, parce qu'un de ces soldats considère sa meilleure amie comme un simple objet de plaisir sexuel pour hommes… Pour elle, c'en est trop !

Soudain, en à peine une fraction de seconde, Orlane effectue un très violent coup de tête sur le nez du chef.

– "AAAAAAHHH !!!!" hurle le chef de douleur. "LA SALOPE ! ELLE A BRISÉ MON NEZ !"

Le choc est tellement puissant que cela l'assomme. Ensuite, très vivement, Orlane se retourne et de sa main gauche, elle agrippe le cou du soldat qui était derrière elle. Le regard très mauvais sur lui, une aura bleu lumineuse et à l'aspect d'une immense flamme entoure la jeune blonde. Ses yeux marrons clairs s'illuminent également de cette même couleur. D'un geste, elle soulève facilement ce soldat comme s'il pesait une plume. D'un coup, de son poing droit, elle frappe très violemment sur ses parties génitales.

– "AAAAAAAAOOOOOUUUUHHHH !!!!" hurle ce soldat d'une voix aigüe, qui a vraiment très très mal, au vu de l'impact subi entre ses jambes.

– "Tu ne pourras plus t'amuser, maintenant, espèce de gros pervers !" se fâche Orlane envers ce soldat.

D'un geste de son bras gauche, elle le lance en l'air comme si c'était une balle de tennis. Jusqu'à une vingtaine de mètres en hauteur, ce soldat chute ensuite et arrivé à hauteur de la jeune blonde, avant d'atteindre le sol, Orlane le frappe d'un puissant coup de poing droit qui le projette à plus de cinquante mètres, le faisant chuter hors de la montagne à très haute altitude. Ses chances de survie sont nulles.

Les deux autres soldats qui étaient près de Mélanie lâchent leurs armes, terrifiés par la puissance d'Orlane et ce qu'elle vient de faire. Sans hésiter, la jeune aux cheveux châtains ramasse son fusil plasma puis frappe l'un d'eux d'un violent coup de crosse de son arme, le mettant ainsi à terre.

La jeune blonde charge le soldat qui avait menacé Mélanie, et lui fait un puissant coup de coude gauche sur son torse. Hurlant de douleur, malgré l'armure qu'il porte, celui-ci est à genoux. Orlane continue en le plaquant à terre, et s'accroupit sur lui.

– "C'est pas ce que tu voulais, avoir une jeune fille sur toi ?" s'énerve Orlane sur ce soldat, qui a toujours mal.

Elle enchaîne avec un coup de poing droit sur la joue gauche du soldat, lui fissurant cette partie du crâne.

– "Mélanie est certes une androïde, mais c'est surtout ma meilleure amie !" s'énerve encore Orlane, le frappant avec un puissant coup de poing gauche sur sa joue droite. "C'est une personne ! Une âme !" Elle le frappe de nouveau avec son poing droit. "Pas une poupée pour ton plaisir pervers, espèce d'obsédé sexuel !"

Coup de poing gauche ! Coup de poing droit ! Coup de poing gauche ! Coup de… Ce dernier coup est soudain interrompu. Orlane se retourne, et voit Mélanie prendre de ses deux mains et avec douceur son poing droit.

– "Ça va aller, Orlane…" l'apaise la jeune aux cheveux châtains. "Il ne pourra plus rien."

La jeune blonde se calme, son aura bleu se dissipant progressivement.

BANG ! BANG ! BANG !

Deux balles percutent le bras droit d'Orlane, une autre sur la jambe gauche de Mélanie. Les deux jeunes filles, blessées, se retournent. Elles voient un des soldats, celui que la jeune aux cheveux châtains avait frappé avec son fusil plasma, encore conscient, à terre, pointant sur elle son pistolet automatique. Mélanie pointe alors son arme sur lui et effectue un tir sur sa main pour le désarmer. Elle s'approche ensuite de lui et lui assène un coup de crosse de son arme pour l'assommer.

Maintenant que l'affrontement est fini, les deux jeunes filles peuvent enfin souffler un coup. Mais elles sont blessées par les balles qu'elles ont reçues, sans compter la lame qui a planté la cuisse gauche de la jeune androïde. Celle-ci met ses index et ses majeurs sur ses implants sur ses tempes, et ferme ensuite ses yeux pour se concentrer. Une sphère blanche lumineuse apparaît d'elle et grandit pour entourer les deux jeunes filles. Soudain, les balles qui sont en elles sortent, ainsi que le couteau qui était planté dans la cuisse gauche de Mélanie. Les plaies se referment ensuite, puis cette sphère se dissipe. Orlane et Mélanie se sentent mieux, mais cette dernière se sent davantage épuisée.

– "Ça va aller ?" lui demande Orlane.

– "Ça m'a demandé beaucoup d'efforts, pour nous soigner." lui rassure Mélanie. "Je crois que je vais avoir besoin de beaucoup de repos."

– "Continuons, et cherchons un lieu sûr pour ça."

Les deux jeunes filles ramassent leurs armes, puis continuent leur chemin.

- 17 -
Une nuit d'inquiétudes

Le soleil est sur le point de se coucher. Les jeunes filles, déjà épuisées par leur précédent affrontement contre les soldats de l'Escouade Enkidu, le sont davantage par la longue marche qu'elles ont effectuée suite à cet événement. Orlane observe attentivement autour d'elle.

– "Regarde, Mélanie." lui dit Orlane en pointant un lieu surélevé entouré de grandes roches. "Ça pourrait être l'endroit idéal pour nous reposer."

– "Je suis d'accord. De toute façon, j'aurai du mal à marcher davantage."

Les jeunes filles se dirigent vers cet endroit. Regardant attentivement autour d'elles, étant toujours sur leurs gardes, elles voient plus loin devant elle le haut d'une tour. Sur celle-ci, il y a diverses antennes ainsi que des paraboles.

– "Qu'est-ce que c'est que cette tour ?" se demande Mélanie à voix haute.

– "Je ne sais pas." lui répond Orlane. "Mais entre les soldats de la République que nous avons affrontés, et l'immense vaisseau de guerre qui volait au-dessus de nous… j'espère que ce n'est pas leur base militaire…"

Même si, à l'évidence, selon elles, il s'agit bel et bien de cela.

Une fois arrivées au lieu surélevé, les jeunes filles posent à terre leurs armes et leurs sac à dos. Elles s'affalent ensuite sur le sol, leurs dos sur un de ces gros rochers, l'une à côté de l'autre, l'épaule droite de la jeune blonde collant l'épaule gauche de la jeune aux cheveux châtains. Elles se détendent progressivement.

– "Tante Miranda doit être morte d'inquiétude…" commence à s'inquiéter Orlane. "Je lui avais dit qu'on rentrait ce soir…"

– "Et pas moyen de l'appeler non plus, on ne capte rien en République."

– "La connaissant, je suis sûre qu'elle a appelé la Guilde des Vardènes pour signaler notre disparition."

– "Ce n'est pas une mauvaise chose…"

Orlane sourit à sa meilleure amie.

Le soleil s'est enfin couché. La nuit est là, et les premières étoiles sont déjà là. Les jeunes filles, fatiguées mais également en plein sentiment de mélancolie, admirent ces astres stellaires.

– "On n'est parti que ce matin, mais l'auberge me manque déjà." se confie Mélanie.

– "Pareil. On est déjà loin de chez nous, et en terre étrangère. Et dans la République, en plus."

Chacune des deux jeunes filles se fatiguent davantage, la tête de l'une penchée vers celle de l'autre.

– "Mais je ne suis pas seule." lui dit Orlane en souriant. "Tu es avec moi. Dans cette situation, je ne voudrais personne d'autre que toi. Tu es ma meilleure amie, et ma vie est devenue meilleure depuis que tu en fais partie."

Mélanie lui rend son sourire, malgré l'inquiétude qui les traverse.

– "Tu crois qu'on va rentrer chez nous ?" lui demande la jeune androïde.

Un silence se manifeste. Bien sûr, elles croient au fond d'elle que ce sera le cas, car elles le souhaitent du fond de leurs cœurs. Mais étant réalistes et sur les terres de la République, elles n'ignorent pas non plus la complication dans laquelle elles se trouvent.

Leurs paupières commencent à se fermer.

– "Bonne nuit, Mélanie."

– "Bonne nuit, Orlane."

Les deux jeunes filles dorment enfin.

- 18 -
Réveillées par des chats

– "Meeeoowww… Meeeoooowwww…"

Les deux jeunes filles commencent à ouvrir les yeux. Le soleil s'est déjà levé. Mais ce n'est pas la lumière du jour qui les a réveillées. C'est ce miaulement, qui est plutôt grave, et qui se fait à répétition. Visiblement, on cherche à communiquer avec elles. À leur réveil, elles voient un chat bicolore orange et blanc de type européen plutôt massif et costaud, avec des yeux verts à moitié ouverts.

– "Oh ! Bonjour, monsieur le chat…" lui salue Mélanie joyeusement, qui a capté qu'il s'agit d'un mâle, au vu de son miaulement grave.

Elles sentent également un certain poids sur leurs genoux. Baissant leurs têtes, elles voient que chacune d'elles ont une chatte européenne tigrée marron à rayures et motifs noirs qui dormaient, et qui sont en train de se réveiller, pour ensuite les regarder de leurs yeux verts. Celle qui est sur les genoux d'Orlane est plutôt costaude et ronde, tandis que celle qui est sur les genoux de Mélanie a un physique plus fin et élancé telle une panthère.

– "Salut, les filles !" salue Orlane à ces deux chattes.

Elles ont compris qu'il s'agit de femelles rien qu'en les regardant, car dans l'auberge, elles ont des chats qui y vivent. Adorant les félins domestiques et ayant l'habitude de les fréquenter, elles savent rapidement si un chat est un mâle ou une femelle (et de toute façon, elles auraient fini par le savoir…).

– "Meeeeeooooowww…" dit le chat orange et blanc.

– "Qu'est-ce que tu fais là, monsieur le chat ?" lui demande Orlane. "Tu t'es perdu avec tes amies ?"

– "Meeeeooooww…" continue de dire le chat orange et blanc.

– "Il est très bavard." constate Mélanie. "En tout cas, il a beaucoup de choses à dire."

La chatte tigrée au physique de panthère quitte les genoux de la jeune brune et se dirige vers son sac à dos. Elle donne ensuite quelques coups de pattes dessus, puis se tourne vers Mélanie.

– "Eeeeeeeooooww !" miaule celle-ci d'une voix aiguë de bébé chat, ses yeux verts grand ouverts.

– "On dirait que tu as faim, non ?" lui demande Mélanie.

– "Eeeeeeooooooow !" continue de miauler celle-ci.

Voir cette scène amuse Orlane, qui est en train de caresser la chatte tigrée costaude et ronde. Celle-ci la regarde avec des yeux doux de couleur verts, montrant qu'elle est en train d'apprécier les caresses de la jeune blonde. Pendant ce temps-là, Mélanie sort de son sac à dos un pot contenant du pâté. Ouvrant celui-ci, la chatte tigrée au physique de panthère met sa tête sur le pot ouvert, renifle le contenant, puis tourne sa tête vers la jeune brune et lui miaule dessus de sa voix aiguë de bébé chat. La chatte tigrée costaude et ronde quitte les genoux d'Orlane pour rejoindre l'autre chatte tigrée, puis se met à son tour à miauler de manière très bizarre, un peu comme un crissement de pneu sur le sol ou une craie glissant sur un tableau. Le chat orange et blanc les rejoint, toujours en discutant avec les deux jeunes filles de sa voix grave.

– "C'est du pâté pour humains… mais je vais vous en donner un petit peu." leur dit Mélanie.

Elle prend trois pierres plates qui font office d'assiettes, et sur chacune d'elle, elle distribue des parts de pâté. Les trois chat s'empressent de manger comme s'ils n'avaient pas mangé depuis des jours. Orlane sort de son sac à dos une boîte contenant des olives et lorsqu'elle ouvre celle-ci, le chat orange et blanc se précipite dessus, et miaule de sa voix grave sur la jeune blonde.

– "On dirait que tu aimes les olives, toi, hein ?" constate Orlane, qui lui en donne un. "Tiens, c'est pour toi."

Le chat orange et blanc mange l'olive que la jeune blonde lui distribue. Tous ensemble, les deux jeunes filles et les trois chats prennent leurs petits déjeuners. Après cela, le chat orange et blanc avance plus loin, puis tourne sa tête vers les deux jeunes filles.

– "Meeeeeeooooow !" miaule ce chat de sa voix grave, qui avance plus loin puis tourne sa tête de nouveau. "Meeeeeooooowwww !"

– "Tu crois qu'il veut qu'on le suive, Orlane ?"

– "Peut-être qu'il veut nous emmener quelque part. On n'a pas trop le choix, ceci dit…"

Le chat orange et blanc, accompagné des deux autres chattes tigrées, mènent les deux jeunes filles, décidées à le suivre.

- 19 -
Suivons les chats

Les jeunes filles suivent les chats depuis environ 43 minutes. Durant cette marche, elles arrivent à avoir une discussion avec le chat orange et blanc, qui est plutôt bavard. Bien sûr, il ne communique que par des miaulements, et bien qu'elles ne comprennent pas forcément ce qu'il dit, cela ne les gêne pas. En fait, cela les amuse. Après tout, elles ont des chats à l'auberge, avec qui elles discutent régulièrement. Mais elles n'ont jamais rencontré de chats aussi bavard que ce chat orange et blanc, avec ses miaulements graves aux tonalités diverses.

– "Dis, Orlane, il est pas en train de râler, de temps en temps, ce chat ?"

– "C'est vrai qu'il a l'air de se plaindre."

– "Meeeeeooooowww !" se joint le chat orange et blanc à la conversation.

– "C'est vrai, tu as raison, il y a pas mal de choses qui ne tournent pas rond dans notre monde." dit Mélanie au chat orange et blanc.

Orlane, qui prend la chatte tigrée costaude et ronde dans ses bras, observe le chat orange et blanc.

– "Hé, Mélanie ! Tu te rappelles de ce m'a raconté tante Miranda, quand elle était une Vardène ? Elle disait que quand certains Vardènes étaient perdus, un chat orange et blanc un peu râleur venait à leur rencontre, et les aidait à retrouver leur chemin."

– "Meeeeeooooowwww !"

– "Tu crois que c'est lui, Orlane ?"

La jeune blonde est en train de caresser la chatte tigrée costaude et ronde qu'elle est en train de porter dans ses bras. Celle-ci semble apprécier. Quant à Mélanie, elle en fait de même avec la chatte tigrée au physique de panthère.

– "C'est vrai que quand j'y réfléchis…" continue Orlane. "... un chat orange et blanc râleur qui sort de nulle part… c'est cohérent."

– "Meeeeeoooooow !"

– "Mais oui, mon chat chat, on te suit." lui dit Orlane en souriant, qui repose la chatte tigrée costaude et ronde au sol. "Ourf, toi, tu fais bien ton poids, par contre."

– "Toi aussi, ma petite, tu es plus costaude que tu en as l'air." dit Mélanie à la chatte tigrée au physique de panthère, en train de la poser au sol également.

Le chat orange et blanc, suivi des deux autres chattes, mène les deux jeunes filles vers l'entrée d'une caverne. S'avançant plus en avant, il tourne sa tête derrière lui, vers elles.

– "Meeeeooooww !"

– "On doit entrer dans la caverne ?" lui demande Orlane.

– "Meeeeooooowwww !" lui répond-il tout en entrant dans cette caverne.

– "D'accord, allons-y, Mélanie."

Tous entrent à l'intérieur de cette caverne. Bien que la progression à l'intérieur soit en train de descendre, la lumière du soleil reste toujours présente, ce qui fait que les jeunes n'ont pas besoin d'utiliser leurs smartphones comme des lampes torches. Soudain, les chats commencent à courir, créant ainsi une plus grande distance avec les deux jeunes filles. Ils arrivent à un croisement distribuant deux directions, une en face, et une vers la droite. Le chat orange et blanc se tourne vers elles.

– "Meeeeeoooowww !" miaule-t-il, en tournant sa tête vers le chemin de droite.

Les deux chattes tigrées le rejoignent. Les félins regardent les deux jeunes filles, puis courent vers le chemin d'en face.

– "Hé, attendez !" appelle Orlane.

Elles perdent de vue les félins. Décidant de les suivre, elles courent vers le chemin d'en face. Mais soudain, elles arrivent à une impasse.

– "Où êtes-vous ?" appelle Mélanie.

Orlane observe attentivement le sol.

– "Regarde, Mélanie. Les traces de leurs empreintes s'arrêtent d'un coup."

La jeune aux cheveux châtains en fait de même, et voit qu'Orlane a vu juste. À un point sur le sol, il n'y a plus d'empreintes de chats. On peut même y tracer une ligne pour délimiter où il n'y en a plus de manière très nette.

– "On dirait qu'ils ont emprunté une sorte de portail de téléportation." constate Mélanie.

– "Je pense qu'ils nous ont aidé, en nous indiquant le chemin à prendre." conclut Orlane.

– "Merci beaucoup, les chats. On vous est redevable !"

Les deux jeunes filles reviennent en arrière et emprunte le chemin de droite que le chat orange et blanc leur avait indiqué. Progressant davantage dans cette direction, au bout de 33 minutes, elles entendent soudainement des coups de feu, des cris de douleur, un craquement du sol... et un miaulement très grave qu'elles ont déjà entendu. Elles courent dans cette direction.

- 20 -
Des retrouvailles en bataille

Les jeunes filles se précipitent vers les bruits de la bataille qu'elles entendent au loin. La plupart des individus se cacheraient ou fuiraient, et c'est certainement ce qu'elles auraient fait en temps normal. Mais un de ces bruits étaient des miaulement très grave qu'elles connaissaient : celui d'Erulno, le puma qui accompagne Aguelost ! Ils seraient donc dans les parages, et certainement en train de combattre.

Dans leur progression, elles voient plus bas, effectivement, l'Arpenteur avec son félin faire face aux mercenaires hobgobelins des Loups du Silence. Certains d'entre eux sont à terre, vaincus, tandis que d'autres sont très fermement ligotés par des lianes qui ont poussé du sol. Une sphère enflammée d'un diamètre presque équivalent à la taille d'un homme adulte est en train de faire un trajet en rotation autour d'Aguelost, percutant certains hobgobelins.

En un instant, Mélanie dégaine son fusil plasma et effectue des tirs en mode tir puissant, chacun d'eux atteignant leurs cibles. Pendant ce temps-là, Orlane prend son épée longue de ses deux mains et fonce plus bas pour atteindre Aguelost et Erulno. Lorsqu'un hobgobelin fait soudainement face à la jeune blonde, celle-ci, en un geste, le blesse par un geste net et précis en un seul coup, là où il n'est pas protégé, le mettant ainsi à terre pour le vaincre. Elle finit par rejoindre ses amis.

– "Aguelost !" appelle Orlane. "Ça va ?"

– "Orlane ! Tu nous a retrouvés ? Et Mélanie ?"

– "Elle est là-haut." répond la jeune blonde en lui indiquant sa position, et frappant d'estoc dans la jambe droite d'un hobgobelin pour ensuite lui asséner un coup de pied droit sur sa blessure, le mettant ainsi à terre.

Un autre hobgobelin tente d'attaquer Aguelost par derrière avec un couteau de combat, mais un tir d'énergie plasma de Mélanie le frappe de plein fouet, le vainquant ainsi. Orlane lui fait signe de son pouce gauche en guise de félicitation, la jeune aux cheveux châtains lui répond de la même manière.

La sphère enflammée ainsi que les lianes se dissipent. Le peu d'adversaires encore debout prennent la fuite, emmenant avec eux leurs collègues vaincus. Le combat est fini. Mélanie descend pour retrouver son amie, Aguelost et Erulno.

– "Content de vous revoir, les filles." s'exclame Aguelost, heureux de les retrouver.

Erulno se frottent sur Orlane et Mélanie en ronronnant.

– "Vous avez réussi à nous retrouver." continue l'Arpenteur.

– "Ça a été un véritable parcours, mais oui." confirme Orlane. "On est toujours en République ?"

– "La République ?" s'étonne Aguelost. "Vous voulez dire…"

– "En effet, on s'est retrouvées à l'extérieur côté République." explique Mélanie. "On a eu quelques… complications avec des soldats de la République. Peut-être qu'on y est encore…"

– "Erulno et moi sommes dans ce souterrain depuis hier soir." dit l'Arpenteur. "Sans réseau dans mon smartphone, on a dû compter sur nos compétences de pistage uniquement pour nous repérer. Mais sans savoir à quel moment on a traversé les frontières républicaines... mais... comment avez-vous réussi à nous retrouver ?"

– "Disons qu'on a eu un coup de main inédit..." explique Orlane. "Au fait, on ne devrait pas poursuivre ces hobgobelins ?"

Aguelost s'adosse sur une paroi et souffle un bon coup.

– "Je préfère me reposer quelques minutes, si ça ne vous gêne pas, les filles."

– "Pas de problèmes." lui dit Orlane.

Durant ce court repos, elles en profitent pour sortir de leurs sacs à dos de quoi grignoter, comme des chips, des biscuits, et surtout de quoi boire, tel que de l'eau ou des sodas artisanaux. Une vingtaine de minutes s'est écoulée, le temps nécessaire à leur court repos.

– "Je suis paré à reprendre la poursuite." annonce Aguelost. "Leur fuite a tellement été précipitée que ce sera très facile de suivre leurs traces au sol."

– "Très bien. Allons-y, et tenons-nous prêts." suggère Orlane. "Au point où on en est, ils vont certainement nous tendre une embuscade, ou bien nous préparer des pièges."

Nos quatre individus reprennent la route et suivent ces traces. Ils finissent par trouver une sortie dans cette caverne. Orlane, qui est devant les autres, voit quelque chose qu'elle avait déjà vu la nuit dernière. La tour avec ses antennes et ses paraboles, et cette fois-ci, elle la voit en entier. Ce bâtiment se trouve dans un complexe fortifié par des barbelés. Il s'agit visiblement d'une base militaire. Sur cette tour, elle peut y voir l'emblème de la République (les deux feuilles de palmiers verts aux bords dorés), qui n'était pas visible lorsqu'elle se reposait avec Mélanie là où elles étaient. Les autres la rejoignent et observent ce complexe.

– "Bon ,bah, visiblement, on est toujours en République…" constate Orlane.

- 21 -
La Pierre d'Écorce

Aguelost est en train d'examiner les traces au sol laissées par les mercenaires des Loups du Silence. Il ne met pas longtemps à comprendre qu'elles se dirigent vers ce camp militaire de la République. Ne s'avançant pas plus loin au risque de se faire repérer, il revient en arrière vers les jeunes filles et le puma.

– "Aucun doute sur où sont les mercenaires que nous poursuivons." conclut Aguelost.

– "D'accord. Ils sont bel et bien entrés dans ce camp. Et vu où on est, avec le fait qu'on a pas de réseau, on ne pourra pas demander de l'aide." remarque Orlane.

– "En fait, le seul moyen de le faire, c'est dans cette tour." continue Mélanie.

– "Et il y a des chances qu'on retrouve ce qu'on cherche." ajoute Aguelost. "C'est certainement dans cette tour que se trouvent vos produits artisanaux qui ont été dérobés, ainsi que la Pierre d'Écorce que les miens recherchent."

Orlane observe au loin le camp militaire. Elle y voit certaines tours dans lesquelles il y a certainement des gardes ainsi que des projecteurs lumineux pour la nuit.

– "Ça va être compliqué d'entrer dans cette tour." observe Orlane. "Je pense que ce genre de lieu doit être surveillé 24 heures sur 24. Est-ce qu'on pourrait trouver une faiblesse ?"

Nos quatre individus observent attentivement le camp militaire au loin, faisant davantage attention à la configuration du terrain dans lequel il se situe. Ils remarquent que toute la partie gauche de ce camp (par rapport à leur point de vue) est couverte par la montagne. Là, il n'y a ni fortification en barbelés, ni tours de surveillance.

– "Ce ne serait pas un angle mort ?" demande Mélanie. "Ils n'ont pas l'air d'avoir un champ de vision de ce côté-là, dans ce camp."

– "C'est vrai." remarque Aguelost. "En même temps, vu comment est fait le terrain, ils ne s'attendent pas à ce que des intrus s'infiltrent de ce côté-là du camp."

– "C'est peut-être notre chance." annonce Orlane.

– "Attendons la nuit." conseille Aguelost. "Leur vigilance sera moins efficace."

Les jeunes filles suivent ce conseil. Ensemble, ils recherchent le lieu le plus couvert et le plus idéal pour attendre la nuit. L'attente est très longue. Les jeunes filles ne cachent pas leurs craintes ni leur appréhension. Après tout, elles vont infiltrer un camp militaire de la République bien gardé. Elles auraient certainement voulu faire machine arrière, mais cela est impossible vu le parcours qu'elles ont effectué. Bien que leur but est de récupérer les livraisons qui ont été perdues, leur principal objectif, depuis hier soir, est plutôt de rentrer chez elles à l'auberge. Pour cela, leur seule option, c'est d'infiltrer ce camp, récupérer ce qui a été dérobé, et trouver un véhicule pour s'échapper.

Cette attente, c'est également le moment de discuter, de préparer leur plan d'actions. Mais également le moment de poser des questions auxquelles les filles n'avaient pas encore les réponses.

– "Au fait, Aguelost, qu'est-ce que c'est, au juste, la Pierre d'Écorce ?" demande Orlane. "C'est vrai qu'on n'a pas eu tellement l'occasion d'en parler, avec tout ce qui nous est arrivé."

– "En effet, il s'agit d'une relique de notre peuple ayant de puissantes propriétés d'Aether." lui répond Aguelost. "En l'utilisant comme il le faut, la Pierre d'Écorce peut modifier les propriétés nutritives des aliments qui l'entourent, comme leur donner des propriétés revitalisantes, voire même améliorant nos capacités. À condition bien sûr que ces aliments soient de très bonnes qualités."

– "Et la nourriture de qualité, ce sont les produits de notre région." conclut Mélanie. "Je comprends que des individus se donnent tant de mal pour nous les dérober."

– "En gros, ils veulent créer des sortes de drogues militaires à partir de nos produits." conclut Orlane.

Le soleil se couche enfin. La nuit arrive, les étoiles s'illuminent. Dans le camp militaire républicain, les projecteurs lumineux s'allument.

C'est le moment !

- 22 -
Infiltration et rencontre

Les jeunes filles, l'Arpenteur et son puma se sont approchés du point le plus proche du camp, là où il est le moins surveillé. Et effectivement, là où ils sont, il n'y a ni caméras, ni projecteurs lumineux. Est-ce de la négligence de la part des forces républicaines ici présentes, ou bien n'y a-t-il vraiment personne qui vient ici en temps normal de ce côté-là de ce camp militaire ? Dans tous les cas, cela arrange nos individus. Face à eux, la fortification de barbelés se situe à environ une trentaine de mètres. Ensuite, environ une vingtaine de mètres plus loin se situe la porte la plus proche.

– "Il va falloir couper ces barbelés." observe Mélanie.

– "Je sais comment faire." intervient Aguelost. "Orlane, dégaine ton épée longue."

La jeune blonde sort son arme et la présente devant l'Arpenteur. Celui-ci ferme ses yeux, pose son index et son majeur droits sur sa tempe droite, et son index et son majeur gauches sur la lame de l'épée longue. Celle-ci s'illumine soudainement et rayonne d'une faible aura orangée.

– "J'ai augmenté le tranchant et la pointe de ta lame pendant environ 5 minutes." explique l'Arpenteur à Orlane. "Ainsi, tu pourras fendre la roche comme si c'était du beurre. Je pense que ces barbelés ne feront pas long feu."

– "Merci beaucoup, Aguelost." approuve Orlane.

Le groupe s'approche des barbelés. Bien qu'ils n'ont pas eu besoin de faire des efforts pour être discrets car personne ne se trouve là où ils sont, ils restent malgré tout sur leur garde, leurs armes à la main. Sans aucun effort, Orlane coupe ces barbelés tellement facilement qu'elle n'a pas eu l'impression d'avoir traversé de la matière. Ils avancent ensuite vers cette porte. La jeune blonde tente de l'ouvrir.

– "Effectivement, c'est verrouillé." constate Orlane. "Tu n'as pas des compétences de crochetage de serrure, Aguelost ?"

– "Ce n'est malheureusement pas dans mes cordes." lui répond Aguelost.

Mélanie observe un peu plus loin dans le camp. Bien que personne ne se dirige vers là où ils sont, cela ne l'empêche pas d'être inquiète.

– "Quand on sera à l'intérieur, on finira par être repéré." remarque la jeune aux cheveux châtains. "On ne sait pas combien ils sont, ni comment est l'intérieur."

– "Dans ce cas, pas besoin d'être discret." conclut Orlane.

La jeune blonde plante sa lame sur la serrure de la porte et la dirige vers le bas, pour ensuite retirer son arme.

– "C'est ouvert." dit la jeune blonde, qui tire la porte vers elle, ouvrant ainsi la porte.

Tous y entrent. Ils arrivent dans un couloir éclairé. Le mur est sur un ton grisâtre, et le sol quant à lui alterne entre un ton de jaune et de gris. À environ trois mètres sur leur droite se trouve un plan du bâtiment. Ils s'y approchent.

– "Voilà quelque chose d'utile." remarque Aguelost, qui prend une photo de celui-ci avec son smartphone, suivi des deux jeunes filles qui en font de même. "Cherchons un lieu avec des ordinateurs connectés. Voyons voir…"

– "Regardez !" attire Mélanie l'attention sur une salle en particulier. "La salle de surveillance n'est pas loin de là où on est. Il doit y en avoir, et en plus, si on immobilise les personnes qui sont dedans…"

– "… on n'aura plus à craindre les caméras de surveillance." enchaîne Orlane, qui sourit à sa meilleure amie.

– "Bien observé, les filles." leur félicite l'Arpenteur. "Dirigeons-nous là-bas."

Le groupe se dirige vers la salle de surveillance. Aucun garde ne se trouve devant la porte, heureusement pour eux. Par contre, une caméra au-dessus d'elle s'y trouve. S'ils entrent par cette porte, à tous les coups, ils se feront repérer.

– "Il va falloir agir très vite." constate Aguelost. "Si on neutralise cette caméra, le garde qui se trouve à l'intérieur va ouvrir cette porte."

– "Compris." lui dit Orlane, qui range son épée longue dans son fourreau. "Tire une flèche sur cette caméra, je m'occupe du reste."

L'Arpenteur s'exécute. Effectivement, un soldat républicain ouvre la porte pour voir ce qu'il se passe. Sans hésiter une seule seconde, très vivement, Orlane se précipite vers celui-ci et une fois à portée, elle effectue un bond en avant et enchaîne avec un puissant coup de pied droit qui le projette en arrière et le plaque contre un mur, lui faisant ainsi très mal au dos. Toujours conscient, il dégaine son pistolet automatique de sa main droite, mais en un instant, Orlane lui saisit son poignet de sa main droite et d'un violent coup de poing revers de sa main gauche, elle le frappe sur son front, le mettant ainsi à terre, inconscient.

Un autre soldat est également présent, mais celui-ci n'a pas eu le temps d'agir, car Erulno lui a déjà bondi dessus. L'ayant mis à terre, s'appuyant dessus de tout son poids, Mélanie intervient en lui assénant un violent coup de crosse de son fusil plasma sur son crâne, l'assommant ainsi.

– "Et bien, vous n'allez pas de main morte, les filles."

– "Aucune raison de le faire, surtout s'ils sont aussi pervers que les soldats en armure blanche qu'on a rencontrés." lui explique Mélanie presque joyeusement d'avoir assommé ce garde. "Et on n'a pas été à fond non plus, encore moins Orlane. Heureusement pour eux, elle n'en aurait fait qu'une bouchée sinon."

– "Je vois…" constate Aguelost. "Bon, regardons ces écrans de surveillance…"

- 23 -
Le Rituel de l'Écorce

Après avoir ligoté les deux gardes qu'Orlane et Mélanie ont assommées, et ensuite enfermés ceux-ci dans leurs casiers, nos individus observent les écrans de surveillance, à la recherche de la salle, ou des salles, où se situent les produits artisanaux et la Pierre d'Écorce.

– "La voilà !" s'exclame Aguelost. "Regardez cet écran, les filles."

Sur cet écran, on peut y voir une immense salle. Au centre est placée une petite colonne haute d'1,50 mètres. Sur celle-ci se trouve une sorte de pierre grise difforme, et dont la texture ressemble à celle d'un chêne.

– "C'est la Pierre d'Écorce !" leur dit l'Arpenteur. "Et regardez tout autour."

– "Divers aliments, et pas n'importe lesquels." remarque Mélanie. "Ce sont les produits artisanaux de chez nous. Oh, il y a également au moins trois gardes visibles à l'écran, et… un étrange individu devant la Pierre d'Écorce."

Celui-ci est habillé d'une longue robe verdâtre encapuchonnée, au même ton de couleurs que les soldats de l'armée républicaine qu'ils ont rencontrés jusqu'alors. Il est en train d'effectuer divers gestes de ses bras devant la Pierre d'Écorce. Devant lui, un cercle vert lumineux composé de diverses formes géométriques envoie un faisceau de lumière vers cette pierre.

– "Le Rituel de l'Écorce !" s'exclame à nouveau l'Arpenteur. "Il a déjà commencé à le faire."

– "C'est possible par n'importe qui ?" lui demande Mélanie.

– "À condition de bien sûr savoir utiliser les pouvoirs de l'Aether, mais surtout de connaître le rituel en question, ce qui est normalement réservé à un petit nombre parmi les miens." lui répond Aguelost. "Même moi, je ne le connais pas."

– "Visiblement, il doit savoir le faire, ce type étrange." constate Orlane.

– "Ça lui prendra certainement du temps." explique l'Arpenteur. "Mais ça joue en notre faveur. préparons-nous à intervenir."

Mélanie regarde dans son smartphone le plan de la base militaire.

– "Regardez !" appelle Mélanie aux autres, leur montrant son smartphone. "Là se situe la salle du rituel. Il y a une porte qui ouvre sur un couloir, et qui nous mène jusqu'au hangar."

– "Ça va nous faciliter les choses." intervient Aguelost. "On pourra emprunter un de leurs véhicules, et y ranger la relique et les produits artisanaux. Par contre, il faudra agir très rapidement. Et empêcher un des soldats de donner l'alerte."

Orlane est un peu en retrait, bien qu'elle écoute le plan d'action. Elle est face à un ordinateur, sur le net et dans sa boîte mails.

– "Je suis en train d'envoyer un email à ma tante, lui prévenir où on est." leur explique Orlane. "Au vu de notre situation, il y a des chances qu'elle appelle la Guilde des Vardènes. Voilà, c'est fait !"

La jeune blonde rejoint les autres, qui sont face à l'écran montrant le Rituel de l'Écorce.

– "Tu as une idée depuis combien de temps ce rituel a commencé ?" demande Orlane à Aguelost.

– "Je ne sais pas, mais déjà, en temps normal, il faut deux heures pour un Arpenteur capable de faire ce rituel." lui répond Aguelost. "Mais pour quelqu'un d'autre qui a réussi à trouver le mode d'emploi, et qui, visiblement, ne l'a jamais fait auparavant, le temps peut être triplé, voire quadruplé. Et la Pierre d'Écorce devrait s'illuminer progressivement, ce qui n'est pas le cas ici. Il doit lui rester encore pas mal de temps avant de l'accomplir."

– "Allons-y, n'attendons plus." ordonne Orlane. "Si des soldats nous font face, faisons en sorte qu'ils ne donnent pas l'alerte."

Le groupe quitte la salle de surveillance et verrouille celle-ci, afin que personne n'y entre.

- 24 -
Fin du rituel

Nos individus arrivent face à la porte de la salle du rituel. Orlane ouvre celle-ci sans faire de bruit, et cela réussit puisqu'elle n'a pas attiré l'attention sur eux. Les gardes présents, qui sont finalement au nombre de huit, séparés d'environ un mètre l'un de l'autre, ont les yeux rivés sur ce rituel. Quant à l'individu en robe encapuchonnée, celui-ci est tellement concentré quant à son exécution qu'on pourrait penser que rien ne pourrait l'en détourner.

Aguelost tend ses deux bras en avant et ferme ses yeux pour se concentrer. Sous les pieds de ces soldats, le sol se craque et des lianes commencent à apparaître. L'Arpenteur lève ses bras et les agite de manière très fluide et ordonnée, faisant ainsi croître ces lianes et les manipuler afin d'étreindre très fort ces soldats. Des spores vertes jaillissent de ces lianes et ont pour effet de les endormir.

Orlane se précipite vers le type encapuchonné et lui fait par derrière un balayage de son pied droit qui le renverse. Son corps plaquant le sol, le faisant hurler de douleur, cela interrompt le rituel.

– "NON ! ESPÈCE D'IMBÉCILES ! JE DOIS TOUT RECOMMENCER !" crache l'homme encapuchonné.

Celui-ci envoie vivement son bras droit vers Orlane, et un effet la projette en arrière à plus de dix mètres. Elle se rattrape de justesse pour ne pas être à terre, finissant accroupie, avec son genou droit au sol.

Mélanie lui tire dessus en mode tir en rafale, mais l'individu encapuchonné effectue un geste de son bras gauche, créant ainsi une sphère lumineuse blanche transparente autour de lui, et qui intercepte non seulement les tirs de la jeune androïde, mais aussi les flèches de l'Arpenteur.

Erulno bondit sur lui, mais il reçoit un coup de pied gauche de cet homme. Sans plus attendre, le puma le lui mord et d'un coup de tête, il le projette vers sa gauche. La chute le plaque au sol sur le dos, hurlant de nouveau de douleur.

L'homme encapuchonné, tremblant à cause de la douleur, tend son bras droit vers le puma. Une boule de feu sort vivement de sa paume mais percute touche le sol à deux mètres à droite de l'animal. Par contre, l'impact génère un souffle d'explosion qui projette à la fois Erulno et Aguelost qui l'avait rejoint, à huit mètres en arrière. Heureusement pour eux, ils ont réussi à se réceptionner pour ne pas être à terre.

Cet homme réussit tant bien que mal à se relever, mais c'est pour finalement être mis à terre par Orlane qui réussit ensuite à lui faire une clé de bras et le mettre violemment à terre. Cette technique de lutte finit par l'assommer, mettant ainsi fin au combat.

– "Réunissons les produits artisanaux, et emmenons-les vers le hangar." suggère Aguelost, qui avait pris la Pierre d'Écorce sur lui.

Les jeunes filles ont trouvé chacune un gerbeur motorisé. Ensemble, ils chargent les aliments de leur région sur ces appareils. Une fois cela effectué, ils empruntent le couloir qui les mènent dans le hangar, long d'environ deux cents mètres.

– "On n'a pas fini, jeunes filles !" interrompt une voix masculine en hurlant, alors que nos individus ont parcouru environ les trois quarts de ce couloir.

Ils se retournent et voient un soldat bien amoché. Celui-ci est en armure blanche, du moins ce qu'il en reste, vu qu'il ne lui reste plus que le plastron sur son buste, et celui-ci est en très mauvais état.

- 25 -
Le choc des titans

Orlane et Mélanie reconnaissent l'homme qui les a interrompu. Il s'agit du chef de l'Escouade Enikidu. Apparemment, celui-ci est encore en vie, bien que dans un sale état. Mais il tient encore debout.

– "Une connaissance à vous ?" demande Aguelost.

– "En quelque sorte." lui répond Mélanie. "Cet obsédé sexuel a voulu tenter une approche avec mon amie, voilà comment ça a fini pour lui."

La jeune blonde se place devant les autres, face à ce commando républicain. Elle a dégainé son épée longue, mais ne tient pas encore de posture martiale.

– "Laisse nous tranquille, si tu tiens encore à ta vie." menace Orlane.

– "Désolé, jeune fille." lui dit le commando. "Je n'ai pas digéré qu'une gamine comme toi a réussi à me vaincre… mais j'admets avoir fait l'erreur de te sous-estimer. Je sais que tu es très forte. Je vais devoir utiliser ça !"

Le commando sort de sa poche une seringue qui contient une substance rouge fluorescente. Il plante celle-ci sur son tricep gauche et appuie dessus, s'injectant en lui cette substance. Il la retire ensuite et la jette à terre.

– "AAAAAAAAAAHHHHH !!!!" hurle de douleur le commando avec une expression pleine de rage.

Ses jambes écartées, son dos voûté en avant, ses avant-bras croisés, ses muscles commencent à gonfler et à devenir plus massif. Ce grossissement s'effectue à un tel point que le plastron de son armure commence à craquer.

– "AOUH AAAAAAHHH !!!!! hurle encore de douleur le commando, qui écarte ses bras et se penche en arrière.

Le plastron de son armure éclate soudainement, et le vêtement qu'il portait sur son buste se déchire. Le voilà maintenant torse nu, mais surtout, il est anormalement ultra musclé, bien plus que la normale. Son teint de peau est plus rougeâtre que la normale, son regard plein de haine, prêt à tout détruire sur son passage. De sa ceinture, il dégaine deux bâtons télescopiques en acier et adopte une posture offensive, sa jambe gauche en avant, son bâton droit sur son épaule droite, son bâton gauche sous son aisselle droite.

– "Finissons-en !" commence le commando.

– "Je m'en occupe." dit Orlane aux autres. "Trouvez un véhicule, et chargez les aliments. Je vous rejoindrai."

Les autres s'exécutent. La jeune blonde adopte la posture de la Porte de Fer issue du style martial de Felipe Livadi, son pied droit en avant, ses bras le long de son corps, sa lame plongeant vers le bas et vers sa droite. Elle est prête à combattre ce pot de colle et à en finir rapidement avec lui.

Le commando se précipite vers elle, prêt à la frapper de son bâton droit. Orlane lève son épée longue et la pointe vers lui, interceptant ce bâton droit et en même temps estocant la poitrine droite de son adversaire. Projetant d'enchaîner avec un coup de pied droit, elle n'en a malheureusement pas eu le temps, car elle subit un violent coup sur son flanc gauche qui provient du bâton gauche du commando, qui ignore totalement la douleur provenant de l'épée longue. Celui-ci enchaîne avec son bâton droit qui la frappe violemment sur sa joue gauche, et ensuite avec son bâton droit sur son épaule droite. Cet enchaînement de trois coups s'est exécuté en à peine une seconde. Orlane hurle de douleur de ces coups violents. Le commando finit par lui faire un violent coup de pied droit qui le projette contre la porte menant au hangar.

Cette violente projection fracasse cette porte, et Orlane finit à terre dans le hangar, lâchant ainsi son épée longue. Elle peine à se relever pour subitement voir le commando prêt à la frapper de son bâton droit. Elle dégaine sa dague de sa main droite et croise ses deux avant-bras pour bloquer le coup, l'impact se faisant sur l'avant-bras du commando. Pas de doutes, elle ressent vraiment toute sa force qui est vraiment anormale, même pour un drakonien. D'un point de vue force physique, elle est progressivement dominée, et le commando n'hésite pas dans le même temps à enchaîner par une frappe de son bâton gauche sur son flanc droit. La jeune blonde hurle de douleur.

– "Okay ! Tu veux jouer à ça !" s'énerve Orlane.

Les yeux marrons clairs de la jeune blonde s'illuminent d'une lueur bleu clair, et une aura à l'aspect d'une flamme de la même couleur l'entoure. Son regard devient plus féroce, et les rapports de force commencent à s'inverser.

– "Comment ?" s'exclame le commando.

– "Tu n'as encore rien vu !" lui exprime la jeune blonde.

Le commando effectue une nouvelle frappe de son bâton gauche mais d'un coup de son avant-bras droit, Orlane le brise en deux comme si c'était une allumette, le désarmant ainsi. Elle plante ensuite sa dague sur la poitrine gauche de son adversaire vers son épaule gauche, et enchaîne avec un violent coup de poing droit dans son estomac qui le projette en l'air jusqu'à une hauteur de plus de vingt mètres, le faisant cogner sur le plafond. Ramassant son épée longue qu'elle pose sur son épaule droite, elle le voit en train de chuter. Elle saute pour le rejoindre en l'air jusqu'à une hauteur d'environ quinze mètres. L'attrapant à son cou de sa main gauche, Orlane lui assène un violent coup de pommeau sur son front. Pendant la chute, elle se place au-dessus de lui et lui plante son épée longue dans son ventre. Son aura enflammée bleue devient plus intense, accélérant la chute. Une fois l'impact au sol, l'épée longue plantée dans celle-ci, cela génère une explosion de la couleur de son aura mélangée à la poussière du sol.

Orlane a vaincu le commando, inconscient, ou peut-être même mort. Un humanoïde ordinaire n'aurait pas survécu, mais vu ce qu'il s'est injecté... Elle ne se pose pas plus de question.

– "Orlane !" cria Mélanie, qui court rejoindre sa meilleure amie. "Ça va ?"

– "Je gère." lui sourit la jeune blonde, épuisée et bien amochée.

La jeune aux cheveux châtains utilise son pouvoir de l'Aether pour la remettre sur pied.

– "On a trouvé une camionnette, et on a tout chargé dedans." lui explique Mélanie.

– "Bien. N'attendons plus."

Les deux jeunes filles courent rejoindre Aguelost et Erulno, qui sont déjà dans le véhicule.

- 26 -
Poursuite mouvementée

Le véhicule dans lequel nos individus sont maintenant dedans, avec la Pierre d'Écorce et les produits artisanaux, est une camionnette militaire de l'écurie Ashmad, aux tons de couleurs vertes kakis. Celle-ci est suffisamment spacieuse pour pouvoir se déplacer debout à l'intérieur, et l'accès est ouvert entre la place du conducteur et l'arrière. Aguelost est au volant, et a déjà commencé à démarrer le véhicule. La route qu'il emprunte est un réseau de tunnels qui mène vers l'extérieur.

– "On va se diriger vers le royaume nain des Monts Estford. Une fois à l'intérieur de celui-ci, on sera en sécurité." dit Aguelost.

L'Arpenteur entend au loin des bruits de moteurs loin derrière la camionnette. Jetant un coup d'œil au rétroviseur, il voit trois voitures de la même couleur que leur véhicule. Orlane et Mélanie observent à travers les vitres des portes arrières et voient ces véhicules s'approcher rapidement. Des tirs de mitrailleuses s'abattent sur la camionnette. Par réflexe, les deux jeunes filles s'accroupissent pour éviter les balles, dont certaines d'entre elles brisent les vitres arrière.

– "Ils sont en train de nous poursuivre !" crie Orlane.

Profitant d'un faible temps mort, Mélanie se relève et effectue des tirs en rafale avec son arme sur leurs poursuivants.

– "Orlane !" appelle Aguelost. "Prends le volant ! Mélanie et moi, on va les garder à distance avec nos armes."

La jeune blonde rejoint l'Arpenteur et prend le volant à sa place, tandis que ce dernier rejoint Mélanie et dégaine son arc à poulie, pour ensuite décocher une flèche vers une des voitures qui les poursuit. La flèche brisant le pare-brise de celui-ci, ce véhicule est subitement déséquilibré et se met à zigzaguer. Cognant une des deux autres voitures, il se remet en place malgré tout. Mais Mélanie en profite pour envoyer une succession de tirs en rafale sur la voiture qu'Aguelost a atteint, tentant de viser ses pneus. Certains tirs finissent par aboutir, projetant celle-ci sur le côté et percutant une des deux autres voitures, les renversant ainsi tous les deux.

– "Bien joué, Mélanie !" félicite Aguelost.

– "Merci !" lui répond la jeune androïde.

Il ne reste plus qu'une voiture qui les poursuit. L'Arpenteur sort une flèche de son carquois, puis la pose sur son front, la pointe en l'air, et ferme ses yeux pour se concentrer. Cette pointe s'illumine d'une aura lumineuse de couleur verte claire à l'aspect d'une flamme. Puis d'un geste vif, il tire sur cette dernière voiture qui les poursuit, la flèche atteignant le moteur. À peine une seconde après l'impact, une puissante explosion se manifeste à l'intérieur de la voiture, lui infligeant ainsi des dégâts et projetant surtout celle-ci en arrière, la rendant ainsi hors course.

Mélanie et Aguelost peuvent enfin souffler un bon coup, profitant de ce moment de répit pour récupérer. Malheureusement, celui-ci prend soudainement fin après moins de 4 secondes, car un bruit de moteur se manifeste derrière eux. Celui-ci se fait de plus en plus entendre très rapidement.

– "CE N'EST PAS FINI !" hurle une voix masculine provenant de ce bruit de moteur, et qui résonne car ils sont actuellement sous un tunnel. "CE N'EST PAS FINI !"

De là où elle est, Orlane entend également cette voix, et celle-ci lui est familière. Elle jette un coup d'œil sur le rétroviseur et voit une jeep décapotable s'approcher très rapidement, au point d'avoir ce véhicule à sa gauche. Elle reconnaît le conducteur. Il s'agit du chef de l'Escouade Enkidu, toujours sous l'effet de sa drogue militaire au vu de son apparence encore anormalement musclé. Il tient dans sa main droite un fusil mitrailleur avec une longue rangée de munitions, sa main gauche étant sur son volant.

– "Il est encore en vie lui ?" crie Orlane avec étonnement. "Mais quel pot de colle !"

D'un coup de volant, elle percute violemment cette jeep. Désorienté, le chef de l'Escouade Enkidu réussit à stabiliser son véhicule. Il pointe ensuite son arme vers Orlane. Celle-ci, voyant la menace, accélère d'un coup afin de créer de la distance entre elle et lui. Et elle a eu le bon réflexe, car le commando se met à vider ses munitions sur la camionnette, hurlant de rage en tirant dessus avec son fusil mitrailleur. Bien que le véhicule qu'Orlane conduit résiste aux balles, chaque impact cabosse malgré tout celui-ci.

Les tirs s'arrêtent. Soudain, quelque chose tombe sur le toit de la camionnette. Mélanie, Aguelost et Erulno voient la trappe du toit être arrachée. Le commando atterrit soudainement à l'intérieur. Sans hésiter, le puma lui bondit dessus mais le militaire lui assène un violent coup de point droit sur sa face qui le met à terre.

– "Erulno !" cria Mélanie.

La jeune aux cheveux châtains tend ses deux bras, paumes ouvertes, vers le puma. Un globe lumineux blanc l'entoure, soignant et revivifiant ainsi l'animal.

– "Erulno ! Prends ça !" appelle Aguelost, qui sort de sa poche une petite olive rouge qu'il envoie au puma.

Ce dernier l'avale et d'un coup, il devient de plus en plus massif, bien plus que le commando anormalement musclé. Se tournant vers lui, il lui bondit dessus et le mord violemment, l'attaquant comme un chat le fait avec une petite souris. Le chef de l'Escouade Enkidu ne fait vraiment pas le poids, Erulno est devenu bien plus fort que lui. Aguelost ouvre une des portes arrières de la camionnette, puis le puma le jette loin derrière vers l'extérieur, comme le ferait un chat qui joue avec une balle.

– "On peut enfin souffler !" s'exclame Aguelost, qui ferme la porte et se laisse tomber par terre.

- 27 -
Arrivée à la frontière

Environ 40 minutes se sont écoulées depuis l'affrontement contre le chef de l'escouade Enkidu dans la camionnette. Soudain, le smartphone d'Orlane se met à vibrer. Ils ont enfin du réseau !

– "Mélanie !" appelle la jeune blonde. "Tu peux prendre mon téléphone et y répondre ?"

– "J'arrive." lui dit la jeune aux cheveux châtains, qui rejoint sa meilleure amie et lui prend son téléphone de sa sacoche.

Mélanie voit sur l'écran de ce smartphone la personne qui appelle. Elle voit la mention "Guilde des Vardènes" bien mise en avant, et en-dessous, "Rochesable", qui est le lieu d'où provient l'appel, une commune située au sud du royaume nain des Monts Estford. N'ayant aucun doute sur la fiabilité de l'appel, elle décroche en activant le mode haut-parleurs afin que tous dans la camionnette puisse profiter de la communication.

– "Oui allô ?" commence Mélanie.

– "Orlane Ardonel ?" appelle une voix féminine.

– "C'est Mélanie au bout du fil, sa meilleure amie. Elle est à côté de moi, en train de conduire."

– "C'est la Guilde des Vardènes, l'antenne de Rochesable, qui appelle. L'antenne d'Ardonville nous a mis au courant de la situation, via un appel provenant de madame Miranda Forentane. Nous avons enfin réussi à vous avoir après plusieurs appels. Ça signifie que vous êtes proche du royaume nain des Monts Estford."

– "On s'y dirige. On était dans la République, c'est pour ça que vous n'arriviez pas à nous joindre." explique Mélanie.

– "Nous avons envoyé des Vardènes à la frontière sud. Ils vous attendent. Pouvez-vous nous indiquer un signalement ?"

– "Nous sommes quatre individus, Melanie, moi-même, un Arpenteur et un puma." explique Orlane tout en conduisant. "Nous sommes en route dans une camionnette militaire de la République en mauvais état."

– "Très bien. Je leur transmet ce signalement. Terminé."

La communication prend fin.

Environ 15 minutes après cet appel, ils arrivent enfin à la frontière sud du royaume nain des Monts Estford. Ils traversent sans complications l'épaisse fortification qui délimite cet état, pour ensuite arriver dans un parking qu'on leur a indiqué d'aller. Cinq individus leur font signe : un nain, deux naines, un humain et une elfe. Orlane n'a aucun doute qu'il s'agit de Vardènes, avec leurs plastrons en polypropylène teintés en blanc et dessus l'emblème de la main droite blanche ouverte sur un écu bleu aux bords dorés, mais aussi parce qu'ils sont devant deux voitures avec également dessus cet emblème de la Guilde. Se garant près d'eux, nos quatre individus sortent de la camionnette et les rejoignent.

En train de faire connaissance et expliquant la situation, une demi-heure plus tard, un véhicule militaire de la République de la marque Ashmad arrive dans ce parking et se gare près d'eux. Un drakonien ressemblant à un officier militaire en sort, avec un costume en vert foncé. Celui-ci a des cheveux très courts aux tons bleus, des cornes au couleur bleu grisâtre, et des yeux bleus ciels. Il s'approche du groupe qui était en train de discuter de la situation.

– "Je suis le général Nantadès." se présente le drakonien. "Je suis un des responsables du camp dans lequel vous vous êtes trouvées lorsque vous étiez dans la République." Son attention est portée sur les jeunes filles. "Je suis venu personnellement pour présenter nos excuses, au nom de la République, du comportement de nos hommes envers vous. Ils auraient dû analyser la situation et favoriser l'entente, plutôt que d'agir de manière violente. Ils ont mal fini, je ne les plains pas. Je m'engage personnellement à leur donner la punition qu'ils méritent."

Les jeunes filles sont étonnées de son comportement, qui est totalement différent des Républicains qu'elles ont affrontés. En face d'elles, ce général est certainement un très haut gradé au vu de son costume et de sa manière de se tenir assez stricte et contrôlée.

– "Ça ira, on accepte." lui dit Orlane. "On s'en est sortis, c'est le plus important."

La jeune blonde remarque un détail sur ce général qui l'interpelle. Sur sa ceinture gauche est rangée dans son fourreau une épée longue. Celle-ci a une fusée et un fourreau de couleur rouge bordeau.

– "Comme le lynx, mon regard est attentif à la situation et à la mesure." lui dit Orlane.

– "Comme le tigre, mon agilité est prête à bondir et à tourner." enchaîne Nantadès.

– "Comme le lion, mon coeur est hardi et endurant." continue la jeune blonde.

– "Comme l'éléphant, ma stabilité est inébranlable." achève le général.

– "Pas de doutes, on a le même maître." conclut Orlane, qui lui sourit.

Ensemble, ils venaient de réciter tous les deux les vertus de l'enseignement martial du fameux grand maître d'armes Felipe Livadi. C'est ainsi qu'ils se sont reconnus en tant qu'élèves de celui-ci.

Après une discussion enrichissante entre tout ce monde là, le général Nantadès quitte le groupe et retourne dans la République. Une des Vardènes naines prend la camionnette républicaine et s'en va pour rendre les produits artisanaux dérobés à leurs propriétaires. Quant aux autres Vardènes, ils emmènent les jeunes filles, l'Arpenteur et sa panthère vers le parking où ils s'étaient garés au pied des Monts Estford.

- 28 -
Retour à la maison

Les Vardènes de Rochesable ont déposé Orlane, Mélanie, Aguelost et Erulno vers leurs voitures. Maintenant repartis en direction de chez eux, nos quatre individus se retrouvent seuls.

– "Bon, on dirait que c'est ici que nos chemins se séparent." commence Aguelost, avec une légère pointe de tristesse.

– "On dirait." lui dit Orlane, avec la même expression. "Mais on est content de pouvoir rentrer chez nous."

Tous se prennent dans leurs bras et se font la bise en guise d'adieu.

– "Bonne continuation à vous, les filles." leur dit Aguelost, déjà dans sa voiture avec Erulno.

– "Merci beaucoup." répond Mélanie. "Ça a été un plaisir de se rencontrer."

– "Notre auberge t'est ouverte." ajoute Orlane. "Tu es le bienvenu avec Erulno."

Aguelost leur sourit, Erulno leur fait son miaulement grave, pour ensuite s'éloigner d'elles et rentrer chez eux. Les jeunes filles les regardent partir au loin, jusqu'à ce que sa voiture ne soit plus visible.

– "Bon, il est temps de rentrer, Mélanie."

La jeune androïde acquiesce. Les deux jeunes filles entrent dans la voiture d'Orlane pour ensuite prendre la route vers l'Auberge du Ronronneur. Le temps de trajet qu'elles mettent est similaire à celui qu'elles avaient emprunté à l'aller, environ deux heures et cinquante minutes et un total d'une heure et quarante minutes de pauses. Elles suivent la même route mais dans l'autre sens. Elles finissent par enfin rentrer à l'Auberge du Ronronneur, tôt le matin vers 7h19 du matin. Il s'est passé deux jours depuis leur départ.

À peine entrées dans la porte principale que soudain, Miranda s'élance sur elles et les prend dans ses bras.

– "Les filles ! Vous êtes saines et sauves !" s'écrie-t-elle avec joie, des larmes coulant sur ses joues. "Je suis heureuse que vous allez bien !"

– "On va bien, tante Miranda." la rassure Orlane.

Randall se joint à elles dans leurs embrassades, suivit de leurs chats.

– "Vous avez certainement très faim, les filles" leur dit Randall. "J'ai déjà préparé le petit-déjeuner."

– "Ne vous inquiétez pas pour les clients." les rassure Miranda. "Je m'en occupe."

Sans plus attendre, bien que très fatiguées par toute cette aventure qu'elles ont vécue, Orlane et Mélanie se servent dans la salle à manger pour les clients où sont déposés tout ce qu'il faut pour bien déjeuner le matin. La jeune blonde choisit de prendre des œufs aux lardons, du pain et un jus de fruits vitaminés. Quant à la jeune androïde, elle prend des gaufres et de la confiture de fraises, puis un chocolat chaud. Elles se dirigent ensuite vers leur salle à manger privée pour pouvoir se restaurer.

Vers 10h46, il y a un moment de creux en ce qui concerne le travail à effectuer dans l'Auberge du Ronronneur. Orlane et Mélanie sont avec Miranda et Randall dans leur salon privé. Les jeunes filles racontent toute leur aventure qu'elles ont vécu, en n'omettant aucun détail, notamment leur rencontre avec un Arpenteur et son puma, le fait qu'elles se sont retrouvées en République, qu'elles ont affronté des commandos d'élites, qu'elles ont infiltré une base militaire. Cela étonne Miranda et Randall, car ce qu'elle viennent d'entendre est digne d'une mission dangereuse que pourrait faire un groupe de Vardènes.

– "On est fatiguées, tante Miranda." leur dit Orlane. "On a très peu dormi."

– "On va aller au lit." ajoute Mélanie.

– "Oui, allez-y, vous en avez besoin." leur dit Miranda. "Randall et moi, on s'occupe du reste."

Les jeunes filles se dirigent vers leurs chambres pour pouvoir dormir enfin confortablement. Miranda les regarde, rassurées de les voir saines et sauves. Mais Randall observe une autre expression sur le visage de son épouse, une sorte d'inquiétude.

– "Quelque chose ne va pas ?" s'inquiète Randall.

– "Les filles… elles l'ont rencontré…"

– "Qui ça ?"

– "Le chat râleur orange et blanc… très peu de Vardènes ont eu cette chance. Même pour les Arpenteurs ou les druides du nord, ce n'est pas donné. Seulement très très peu d'entre eux ont eu cette occasion, alors qu'ils sont plus proches de nous en ce qui concerne la nature et les animaux."

– "Mais toi, tu l'as bien rencontré, quand tu étais une Vardène ta sœur jumelle et toi ?"

Son expression exprime également une mélancolie lorsque Randall lui parle de sa sœur jumelle, Élanda, la mère d'Orlane, et qui aujourd'hui n'est plus de ce monde.

– "C'est vrai, et c'est vraiment exceptionnel." explique Miranda. "Certains disent que cela arrive aux personnes dont la destinée sera d'être un espoir pour tous ceux qui en ont besoin."

– "C'est une bonne chose, non ? Ça veut dire qu'Orlane et Mélanie seront des exemples pour autrui. Après tout, tu as bien sauvé les Terres d'Anordor d'un grand désastre, non ?"

– "Oui... Mais une aventure de cette ampleur, c'est toujours dangereux... ma sœur..."

Des larmes commencent à couler des yeux de Miranda. Randall se met à la prendre dans ses bras pour la réconforter.

– "Je ne veux pas que quelque chose de grave arrive à Orlane et à Mélanie. Je les considère comme mes propres filles. C'est pour ça que je n'ai pas envie qu'elles deviennent des Vardènes."

– "Ne t'inquiètes pas pour ça." la rassure Randall. "Ça n'a pas l'air d'être dans leurs projets." Il réfléchit un court moment. "Dis donc, d'après ce qu'elles racontent, nos filles, c'est vrai que c'est un vrai râleur, ce chat orange et blanc ?"

– "Tu n'as pas idée..." lui dit Miranda, qui commence à sourire de nouveau. "Il a toujours quelque chose à dire..."

- 29 -
La fête d'Ardonville

Le lendemain, la vie à l'Auberge du Ronronneur a repris son cours normal, comme si les jeunes filles n'avaient pas vécu d'aventures exceptionnelles. Orlane et Mélanie ont décidé de travailler à l'auberge, malgré l'insistance de Miranda pour qu'elles se reposent. Après tout ce qu'elles ont vécu ces deux derniers jours, elles sont plutôt contentes de reprendre leurs vies normales. Surtout qu'aujourd'hui, c'est la fête d'Ardonville, et celle-ci se déroulera durant trois jours. Cela a eu pour conséquence que toutes les chambres de l'auberge sont occupées. Et malgré cela, les appels fusent pour pouvoir en réserver. Pour certaines personnes qui appellent, Miranda leur propose à prix réduit de pouvoir planter leurs tentes dans le terrain de l'auberge si cela leur est possible. C'est ce qui arrive, car il y a effectivement certains campeurs qui y logent.

Il est maintenant 17h30. Orlane et Mélanie ont enfin fini leur travail. Elles sont épuisées, mais elles gardent malgré tout une bonne humeur et une certaine forme physique, car elles ont prévu d'aller à la fête d'Ardonville. Bien que cela inquiète Miranda qu'elles sortent, elle ne veut pas non plus les empêcher de sortir prendre du bon temps. Orlane est habillée d'un débardeur noir moulant et d'une mini-jupe en jean collante, avec des bottes marrons de randonnée de la marque Quarosha. Quant à Mélanie, elles s'est mise des paillettes et des étoiles colorées sur ses cheveux, et elle s'est vêtue d'un t-shirt rose bonbon moulant, d'une mini-jupe plissée blanche, des longues socks blanches et des baskets roses bonbons Kanters.

Cette fois-ci, c'est Mélanie qui prend le volant, et elles montent dans la voiture de la jeune aux cheveux châtains, qui est une petite voiture citadine de couleur rose vif (elle est girly jusqu'au bout), une Nezano Mini aux formes arrondies. Orlane est contente que ce soit sa meilleure amie qui conduise, comme ça, elle pourra boire plus de 50 centilitres de bières sans se soucier du volant. Les deux jeunes filles se dirigent maintenant vers Ardonville.

Elles ne sont même pas entrées dans la ville qu'il y a un monde fou. Elles sont à environ à 6 km de l'entrée de la ville, et devant elles, d'autres voitures font la queue. Elles progressent très lentement, mais finissent par enfin entrer dans la ville. Des employés municipaux les guides vers des places aménagées en parking spécifiquement pour cet événement. Une fois stationnées, Orlane et Mélanie continuent à pied.

Elles se promènent au sein des divers stands proposant des produits artisanaux à la vente, comme par exemple des pains, de la charcuterie, du fromage, du vin… et bien sûr de la bière ! D'ailleurs, elles se dirigent vers le stand du brasseur Bière en Bulles, qui met en avant l'Explo'bulle, une bière annonçant une explosion de saveurs. Chacune d'elle en prend, 50 centilitres pour Orlane, seulement 25 centilitres pour Mélanie (parce qu'elle conduit). Emportant leurs boissons avec elles, elles se dirigent vers la tour de l'horloge, traversant de nombreux stands proposant des animations (chamboule tout, tir à la carabine, jeux de sociétés, de cartes, de rôle, etc.). Elles trouvent un banc de libre où s'asseoir.

– "Avec notre passage dans la République, on n'a même pas eu le temps de trouver un cavalier pour cette fête." s'exprime Orlane.

– "C'est vrai. On était trop occupées à survivre."

– "On aurait dû demander à Aguelost. Il est vraiment pas mal, surtout pour un mec de son âge."

– "Oui, et son puma est trop beau, aussi. Et le général républicain aux cheveux bleus, il est pas mal, aussi. En plus, tu as déjà un point commun avec lui."

– "C'est vrai. Je ne sais pas l'âge qu'il a, peut-être entre 30 et 40 ans, mais c'est vrai qu'il est pas mal du tout."

La bonne humeur s'est installée entre elles, continuant à parler de garçons (ce sont des jeunes filles, après tout), mais aussi de sujets divers, comme gagner des cadeaux à certains jeux. Vu la force naturelle d'Orlane, elle gagnerait facilement à des concours de puissance, et quant à Mélanie, le tir n'a aucun secret pour elle.

– "On peut se joindre à vous ?" intervient une voix masculine que les jeunes filles connaissent très bien.

Elles voient Aguelost avec Erulno. Sans hésiter, il les prend dans ses bras et leur fait la bise, et le puma se joint à eux. Mélanie est trop contente, elle adore tellement Erulno. Orlane aussi, et lorsqu'elle prend l'animal dans ses bras, une voix qu'elle connaît intervient.

– "Bonsoir, les filles." salue cette voix.

Orlane et Mélanie se retournent et voient le général Nantadès habillé comme un civile. Malgré sa manière stricte et discipliné de se tenir, il est également à l'aise, au point qu'on ne puisse pas deviner sa profession militaire.

– "Je voulais profiter de la fête d'Ardonville, et j'ai rencontré Aguelost par hasard." leur explique Nantadès. "Du coup, on a décidé d'en profiter ensemble, et maintenant, vous voilà."

Les jeunes filles sourient, rougissant un peu.

– "Ça vous dit de passer un moment tous ensemble ?" propose Orlane.

– "Bien sûr." répond Nantadès. "Comment refuser l'invitation de deux très jolies jeunes filles, après tout ?"

Ensemble, ils se dirigent maintenant vers le Grill du Soleil, car ils ont tous faim. La fête ne fait que commencer.

Personnages principaux

Orlane Ardonel

Sexe. Féminin.

Ascendance. Humaine.

Âge. 18 ans.

Taille. 1,56 mètres.

Cheveux. Blonds, coiffure carré court.

Yeux. Marrons clairs.

Occupation. Étudiante en fac, et aubergiste à l'Auberge du Ronronneur.

Orlane est la nièce de Miranda Forentane, la femme qui a créée et dirige l'Auberge du Ronronneur. Excellente sportive avec une force, une endurance et une vigueur plus élevées que ceux d'un sportif de haut niveau, elle pratique les arts martiaux. Son arme favorite est l'épée longue, dont elle a appris le maniement personnellement auprès du très fameux grand maître d'armes Felipe Livadi. Elle est capable d'utiliser les pouvoirs de l'Aether pour ses capacités physiques déjà très évoluées grâce à son entraînement très poussé.

Mélanie Palmania

Sexe. Féminin.

Ascendance. Androïde féminine de type Mel-NII modèle 8/20.

Âge. 4 ans (mais environ 16 ans en apparence).

Taille. 1,48 mètres.

Cheveux. Châtains, longs, couettes basses.

Yeux. Verts.

Occupation. Étudiante en fac, et aubergiste à l'Auberge du Ronronneur.

Mélanie est la meilleure amie d'Orlane (à qui elle lui doit son prénom mais aussi son nom de famille). En tant qu'androïde féminine de type Mel-NII, elle possède des aptitudes de combat et la capacité d'utiliser les pouvoirs de l'Aether pour protéger, soutenir et soigner. Douée en tir, elle possède un fusil tirant des traits d'énergie plasma (en mode tir puissant ou tirs en rafales). Mis à part ses implants sur ses temps, il est très difficile de la distinguer d'une jeune fille humaine, surtout qu'elle a une personnalité très joyeuse et très girly.

Aguelost Evandil

Sexe. Masculin.

Ascendance. Humain ranelthien.

Âge. 75 ans (mais environ 35 ans en apparence).

Taille. 1,82 mètres.

Cheveux. Bruns courts, coiffés en pics vers l'arrière.

Yeux. Turquoises, légèrement plus brillant que la normale (dû au fait d'être un ranelthien).

Occupation. Arpenteur.

Aguelost est un Arpenteur, ces fameux héritiers de l'ancienne civilisation ranelthienne. Comme tous les siens, c'est un expert pour tous les arts concernant la nature et les animaux, mais également en pistage et en archerie. D'ailleurs, par tradition, un Arpenteur aura toujours son carquois avec ses flèches, et Aguelost ne fait pas exception. En plus de cela, il manie à perfection le dao (épée à une main et à lame courbe), qu'il en équipe un dans chaque main. Enfin, c'est un homme plutôt solitaire, si ce n'est son puma Erulno qui l'accompagne toujours.

Erulno

Sexe. Masculin.

Ascendance. Puma.

Âge. 3 ans.

Couleurs. Teint de marrons clairs.

Yeux. Verts foncés.

Occupation. Compagnon animal d'Aguelost.

Erulno est un puma qui accompagne son père Aguelost partout où il va. Contrairement à ses congénères, il n'a pas de comportements sauvages, et concernant sa personnalité, il est très bavard, miaulant très souvent de sa voix grave car il a beaucoup de choses à dire. Enfin, pour soutenir Aguelost, il est très entraîné au pistage, à la chasse et au combat.

Miranda Forentane

Sexe. Humaine.

Ascendance. Humaine.

Âge. 46 ans.

Taille. 1,61 mètres.

Cheveux. Blonds et longs.

Yeux. Marrons clairs.

Occupation. Aubergiste, créatrice et dirigeante de l'Auberge du Ronronneur.

Miranda était auparavant une ancienne Vardène et une puissante utilisatrice de pouvoirs de l'Aether pour pouvoir protéger, soigner et guérir. Après avoir perdue sa sœur jumelle Élanda, également une Vardène et la mère d'Orlane, elle a quitté la Guilde pour créer l'Auberge du Ronronneur et travailler dans ce domaine avec son mari Randall. Très belle et aux formes généreuses ne laissant pas indifférent auprès de la gente masculine, elle considère Orlane et Mélanie comme ses propres filles.

Randall Forentane

Sexe. Humain.

Ascendance. Humain.

Âge. 52 ans.

Taille. 1,73 mètres.

Cheveux. Bruns très courts.

Yeux. Bleus.

Occupation. Aubergiste, cuisinier de l'Auberge du Ronronneur.

Randall était auparavant un milicien d'Ardonville qui a rencontré Miranda lorsqu'elle était une jeune Vardène. Le coup de foudre s'étant opéré entre eux, ils ont fini par se marier. Après que son épouse ait quitté la Guilde des Vardènes, et qu'elle ait créée son entreprise d'aubergiste, il l'a suivie dans son activité. Passionné de cuisine depuis son adolescence, il a de son côté mis fin à sa carrière de milicien pour ensuite travailler dur corps et âme dans la restauration. Cela a été payant puisqu'il est devenu l'un des meilleurs cuisiniers du Comté de Cérulia.

Table des matières

- 1 - La sportive matinale 7

- 2 - L'amie androïde 11

- 3 - Colis manquants 15

- 4 - Épée longue et fusil plasma 19

- 5 - Une bataille facile 23

- 6 - La cité d'Ardonville 27

- 7 - Le Comptoir d'Olric 31

- 8 - Les Plaines du Rocandar 35

- 9 - La mission de l'Arpenteur 39

- 10 - À pied dans les montagnes 43

- 11 - Bataille dans les montagnes 47

- 12 - Les pouvoirs de l'Aether 51

- 13 - Séparation forcée 57

- 14 - Un autre pays 61

- 15 - Les soldats de la République 65

- 16 - L'Escouade Enkidu 69

- 17 - Une nuit d'inquiétudes 75

- 18 - Réveillées par des chats 79

- 19 - Suivons les chats 83

- 20 - Des retrouvailles en bataille 87

- 21 - La Pierre d'Écorce 91

- 22 - Infiltration et rencontre 95

- 23 - Le Rituel de l'Écorce 99

- 24 - Fin du rituel 103

- 25 - Le choc des titans 107

- 26 - Poursuite mouvementée 113

- 27 - Arrivée à la frontière 117

- 28 - Retour à la maison 121

- 29 - La fête d'Ardonville 125

Personnages principaux 131